旅游丛书 LŬYÓU CÓNGSHŪ
XIBU WENHUA

图书在版编目（CIP）数据

行旅书 / 人邻著. —— 兰州：敦煌文艺出版社，
2019.11（2024.1重印）
ISBN 978-7-5468-1838-2

Ⅰ.①行… Ⅱ.①人… Ⅲ.①散文集—中国—当代
Ⅳ.①I267

中国版本图书馆CIP数据核字（2019）第248378号

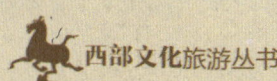
西部文化旅游丛书

行旅书

人 邻 著

项目统筹：马吉庆　徐　淳
责任编辑：马吉庆
装帧设计：吉　庆

敦煌文艺出版社出版、发行
地址：（730030）兰州市城关区读者大道568号
邮箱：dunhuangwenyi1958@163.com
博客（新浪）：http: // blog.sina.com.cn/lujiangsenlin
微博（新浪）：http: // weibo.com/1614982974
0931-2131906（编辑部）　　0931-2131387（发行部）

三河市嵩川印刷有限公司印刷
开本 787毫米×1092毫米　1/16　印张 14　字数 220千
2020年1月第1版　2024年1月第2次印刷
印数：2 001～4 000

ISBN 978-7-5468-1838-2
定价：68.00元

如发现印装质量问题，影响阅读，请与出版社联系调换。
本书所有内容经作者同意授权，并许可使用。
未经同意，不得以任何形式复制转载。

西部文化
旅游丛书 LOYOU CONGSHU
XIBU WENHUA

XINGLVSHU

行旅书

人邻 ◎ 著

行走在大地的心声

敦煌文艺出版社

目 录 | CONTENTS

卷一 行旅书

旅途九记 / 002

山地小镇之旅 / 011

行旅书 / 027

尘世杂记 / 042

卷二 萧瑟与安详之美

风情的村庄 / 056

七月的屯字 / 071

二月二龙抬头 / 082

穿过风景的旅人 / 092

阳山下：萧瑟与安详之美 / 111

阳坝：旧纸片上的记忆 / 123

洮州手札 / 136

卷三　郎木寺

郎木寺 / 158

草原上 / 168

额济纳片断 / 173

卷四　独自行走

显慧 / 184

寺 / 186

大佛寺三日 / 203

卷一

行旅书

旅途九记

六盘山上

人迎着大雾疾疾上去,沿山梁走,才觉得风猛吹着雾满山走。风大,刺骨冷,人都半捂着麻痛的脸,侧身快快过去。一直走在后面的人,却慢,风吹的人摇摇晃晃,但只是想尽心看,雾实在是好看,尤其是身边匆匆过去的,如白羽的大鸟,飞一样,只一瞬,就没了。

高处撑着,在大风中的雾里有分量地走,有时得稍稍让一下,似乎那风有些故意较劲,不让,会给风猛地掀在大雾里。

走了一会,真正会走了,每一步都不急,借着风力,一侧竟可以轻松,似乎有些空中的鸟那样。并没有多大气力的人,一时间似乎可以有满天下的气力。想起刘邦的《大风歌》:"大风起兮云飞扬,威加海内兮归故乡"。刘邦大约也曾站在某座高山上,感觉风的大,一边抵着,才感觉有了浑身气力,才感觉满天下的事情,他的袖子可以一挥而就。

山梁向下,雾渐渐更大了,愈来愈浓,似乎一切都给大雾浮起。山下的世界越来越小了,愈来愈隔膜,一时竟有无法回到人世的感觉。

马

1.

山脊上几匹马,由于逆光,像剪纸。这样的马似乎是另一种马,薄而黑,可以自由地变形,折来折去,随风而来,随云而去,似乎真的与尘世无关,只是偶然在山脊上给人看见。

在一位画家的速写里见过这样的马,据说山脊上的马在夏天是为了躲避牛虻的叮咬。山顶风大,牛虻无法飞上去。但我老是觉得马大约也有那样的需要,它们也需要在山顶上走走,它们也需要那样的开阔,需要风更加犀利地吹过它们的鬃毛,感受一下所谓的潇洒。

2.

马这样一种奇异动物,它的骨骼似乎只有两种状态才合适,一是静止,如同某些古典建筑的玄妙,细而长的几根柱子支撑着,但又叫人感觉异常的平稳,所有的力量都静止的恰到好处,幽雅肃穆,偶尔低头食草,高傲禁欲似的嘴唇也几乎不食人间烟火的样子。一种是奔跑,每一块骨骼都充分地在草地上任意舒展开去,似乎是一根在草地上自由抛动的快乐铁链,收缩,而后有力打开,让人看起来有一种甚至是生理上的快感。

北石窟

石窟十几米高，但随行的那个人的话叫人吃惊。他指着外面一侧开着的天窗，本以为不过就是天窗，为了光线，但他告诉我，这座石窟是从天窗那儿从上向里向下开凿的。这样的开凿方法是奇特的，这让人想起考古工地，一层一层的泥土是怎样给精心剥去的。

这样施工大约是先在十几米的高处先打出一个人能够站立的平面，先凿好石窟的拱顶，接着是一张俯视图，向下勾勒出大致的模样，然后向下向四周开凿。

佛像是一层一层地浮现出来的，匠人们似乎不急于向下开凿，只是一层一层地如同揭起一张薄薄的纸那样，慢慢让那些佛的面目出现。

当然，这不仅只是一种说法，那些过去了很多年的古人的创造，有一些实在是我们现在不好理解的。古人们在很多时候似乎另有一种和我们决然不同的思维，那不是线性的，而是一种弥散的，它们瞬间就覆盖了许多的事物。

周祖陵

天色已经昏暗了。周人居住的这块地方，比来处的路要高出近三丈。斜坡上的大门已经紧锁，而紧锁着的也许是一大片空空荡荡的废墟吧。在这样黑的时候，拜谒周人的祖先，内心多多少少有一些惶惑。

太想进去了，于是一行人散开，想找一处可以进去的地方。沿着右侧走了一会，同行的人斜着向上，似乎可以有一处进去，但走一会，依旧回来，太高，没有办法攀援。再向后面走，陡然低了下去，如同峭壁。正幽幽往回走，有人在来处喊，不知什么意思，待回去时，大门已经开了。

踩着一溜土路上去，心慢慢提着，似乎有些去拜谒自己祖先的意味。

周祖陵在我们步上若干台阶之后，赫然在昏暗里沉默着。除去几座硕大的建筑，就是水泥铺就的小路，格子一样引着人走，到处是奢侈的鲜花。这样崭新的建筑，大约是不会留住周人先祖的灵魂的，一边想就有些悲哀着。最近处是一块碑，据说记载着周人先祖的世系。有人去默默读，似乎周人依旧在这里。

唯一让人感动的是一处长方形的土丘，虽然是用现代的青砖围了起来的。围着慢慢走了一圈，似乎只是在这里才真正有些亲近了周人的灵魂。真想就从那围着的青砖上面过去，摸摸那堆黄土。

再走，看见周祖陵的后面竟然是绝壁，直下百十米，稍稍远处，是灯火通明的一座县城。

待了好久，该走了，夜凉下来，似乎有一些什么真的透在了人心里。蝉鸣也起了，似乎只是一只蝉，吱吱地叫着，叫透了这个寂寞的黄昏。

唐半釉水波纹罐

在文物陈列馆见一个唐代半釉水波纹罐。水波纹罐陈列在陈列架的最下面一层，和几件极不起眼的陶罐放在一起，看来并不是人看重的东西。我也只是偶然低头扫了一眼，才看见这个罐子，但就是这一眼，让我吃惊。

罐子是细腻的陶土烧制，口稍大，有四个纤细的耳，器形相当匀称。上半部挂了褐色的釉，极整齐，下半部素面朝天。奇异的是未上釉的半截，匠人用相当细的利器刻了一组七八根线的水波纹。水波纹刻得相当讲究，有半抽象绘画的意味。

陶罐为什么只是上了半截的釉，又为何刻了一些水的波纹。按器形看，是百姓人家日常所用器物，却为何做成如此样子。我只能这样猜想，这是那个工匠为自己做的一件用物。他当时只是灵机一动，不愿将最后一件泥坯做成老样子。匠人携这样一个陶罐，盛满清水而饮用时，该是觉得格外有几分甜的吧。

我时常会在一些不同的地方看见这样的并非是决然为着艺术而产生的艺术品，这样的东西大约才可以说是真正的艺术。制作它们的人，完全是出自朴素的天性，他们觉得只不过是自我的愉悦。老子的《道德经》也是如此，他并非是为着某一个特别的意义，只不过是他自己想随便说几句话。宁静得太久了，那些话就几乎是透明的，可以随口而出，说完就可以忘记的。要记住的只是另一

些人。但那些话已经是天机，就在满天的风里，随风飘落的秋叶里，要树叶再次回到树上，是不可能的。老子不大可能再写一本《道德经》之类的书，那位匠人也不会再去制作一个什么样的陶罐，那个过程已经完成，已经不再能复现。

可惜的是，那样的东西实在是太少了。那样诞生的东西也几乎总是不大容易读透的，似乎有些就要读透的时候，人已经垂垂老矣，离生命的尽头不远了。

做泥活的老人

老人背着身子在屋檐下做些什么，缓慢，耐心。我过去，看见老人手里是半尺多大的泥莲花。老人正上色，粉白，粉红。上好了色的，一个一个码放在老人身边的长条凳上。长凳上已经放着有七八个泥莲花了。我原先只是在寺庙的高处看见这些悬在高处的泥莲花，并不觉得它们的重，但在眼前就觉得有些不可思议，轻飘飘的莲花竟然是可以用泥土做的。而它们一旦进入佛的天空，

就飘了起来。

老人在这里干了好多年了。沿着屋檐过去，一座正在兴建的不大的殿里，堆满了大大小小的泥莲花。正中的佛像早已塑好，从手艺看，不会是老人的泥活。只是那些泥的莲花之类是老人的手艺。

老人的手艺是平常的，但他是满足的。简短的几个词，老人就不知道再说些什么，只是一笔一笔地涂抹着颜色。

我从后面的一些寺庙转回来时，老人刚好抬头。老人说，走哩。我点点头，才要说些什么，又似乎不知道该说些什么。这时恰好一边的屋子里有一位女人出来喊，吃饭哩。

老人放下手上的活，拍拍身上的土，慢慢地朝那边走去。不知为什么我有些感动，一个人的心境怎么竟然可以如此平淡。

子午岭

岭上原始森林早给人伐光了，现在所能看到的次生林，只有几寸粗细。疏朗的山上，因为没有遮庇，到处是绿，到处是极透明的阳光。古老的山，现在似乎简单的只有这一点阳光。

人在岭上逍遥乱走，偶尔见一两个山民在那里拾蘑菇，并不是本地人，就觉得奇怪。一边的人说，这里是两省交界，没有人管，这样的人很多，不知从哪里来的，哪里人都有。不仅如此，子午岭深处还有一些这样的人形成的自然村落，生活方式和野人差不多，犯了事的，逃婚的，多生了孩子的，在别处活不下去的，什么人都有。

从一座窑顶上无意走过

从小崆峒山下来，沿一条土路转折而下，听见鼓、木鱼和颂念佛经的声音。

及至到了，却是几间窑洞，两三个男人女人在一间窑里，男人敲鼓木鱼，女人颂念。念些什么，本来就不易听清，再是浓重的方言，就几乎无法听清楚一个字。

见我们来，几个人也并不管，只管自己，奇怪的是鼓和木鱼声，和女人的颂念声奇怪地谐调，似乎就该是这样的鼓和木鱼，就该是这样的女人的叫人不易听懂的口音。

一边的窑里，佛像十分简陋，壁上显然是当地某位匠人的手笔。叫人注意的是地上的蒲团，竟然是用彩色的烟盒折成的。弯下腰摸摸，有几分感动，烟盒折成的蒲团该是某个虔诚的巧手女人的手艺。

再出来时，那几个人依旧在忙他们自己的事情，似乎知道我们不过是过路而已。待再上去，忽然知道自己刚才竟是从那些颂念的声音上面过去的。再走，就脚步轻轻地，似乎是怕惊动了什么。

九个地名

九家圪佬：圪佬按字典的解释是小土丘。不平，就没有本地人看上，多少年一直荒着。来这儿的必然先是一家，如何来，逃荒算是一种，见这儿土地还能活人，挖一眼窑，就住下了，再平出一块地来，下了种，人才活了。有了人烟，就会引人。即使是夫妇俩，有孩子，也必然寂寞。该说的早就说完了，该乐的早就乐完了，就盼着再有人来。也许是又一个荒年，又来了一家。一年一年下来，就有了好几户。也许就是九户，过往的人多了，人问，就是住在圪佬那儿的九户人家，这就会成了地名，九家圪佬。

种的地也多起来，孩子也长起来，该到谈婚论嫁了，又没有人，就是这一片，这家的儿子娶了那一家的女儿，那家的女儿嫁了另一家的儿子。没有多少年，就亲戚套亲戚了，真正成了一个村子的样子。有多少户人家，不知道，但那个地名是不能改了。

大院子：大院子有多大，不知道，那样的院子里人一定要多，太少了，人会寂寞。

老想着要去那样的院子，尤其是在夜晚赶到一家。记得十几年以前，曾和画家肇平从县城骑自行车往乡下赶，到一家已经是半夜了。敲开门，人又惊又喜，喊女人起来倒热水，一边喊着上炕、泡茶，又着人摸黑敲开一间卤肉铺。待回来，热热地切了卤肉，几个和主人要好的男人也来了。倒上酒，几个人热热闹闹地轮着敬酒，一会又划拳，大呼小叫地喝着，心里说不出的暖。那儿还没电，只有小小一盏油灯蹲在桌上，对面人的脸在灯影里晃晃悠悠的。

茶喝多了，推门出去，那么大院子，四四方方，十几户人家围着住，兄弟姊妹一样，都在静静月光里安睡着。

院子角落，依稀见一只几千年以前的陶罐，半截埋在土里。

臭驴崾岘：地名有趣，想是贩驴古道。这里古来多驴，想一行驴沿小而高的山岭一侧逶迤而来，赶驴人一路吼着野辣的酸曲，日头晒着，褡裢里有干粮，有水时就着嚼上一口，累了就地可以躺下睡一觉，急不急赶路，不急，天黑下来时到家就行。

芨芨庄窠——有大片芨芨草的地方，叫人想起荒凉季节和凄凉的土匪。

野狐狐：狐狸出没的地方，这儿是有故事的，只是没有人讲给我听。走在这儿，天蒙蒙黑时，感觉会有女子坐路边石头上哭。待问话，女子抬头时才猛然看见她的妩媚，声音也脆脆生生的。心里咚咚，走也不是，留也不是。但愿别遇上，但是遇不上又有些可惜，毕竟天下这样的事不多了。

薛家塌瓜和姬家坷哇：塌瓜什么意思，不知道。大约是一块凹地罢。这儿少雨，大约塌瓜一些的地方也并不要紧。

坷哇什么意思，也不知道。大约是一块不大平整的地罢。

两个地名实在是有些意思，不得不记下来。用土话念，更有味道罢。

清凉寺：既然叫清凉寺，想必当年有许多参天大树遮阴。

寺，已经没有了，大树也没有了，什么都没有，只留下这样一个清凉的地名。

古人有云：鸡鸣茅店月，人迹板桥霜。

不知这儿先前曾有座什么桥，大约总是有罢，沿一道水流悄然过去。桥应是不长不宽的，一挂驴车勉强过去。此地多驴，时常从上面过去的，大约除了人就是驴吧。人过桥见的多了，就想着看驴，只是驴自己孑然一身过去，没有人的催促，可以不温不火的，有些文人苦吟的意味。秋末冬至，板桥有霜，瘦削的驴戴月而过，小小驴蹄在霜上的印痕，诗行一样，何其雅。

古人多有这样的画，清癯的主人，蓑衣竹笠，乘一匹瘦驴，过一溪上小桥。想想这儿先前也曾有过古代，也就不怪。

2002 年

山地小镇之旅

> 正月里,初十二吧,竟然出门了。一路经干草店、定西、宁远、华家岭、通渭、秦安、天水、皂郊、娘娘坝、麻沿河、江洛镇、泥阳镇、成县,经望子关到武都;返回经两河口、宕昌、哈达铺,在岷县停歇,经漳县、殪虎桥、新堡、会川、玉井、临洮、中孚、西果园,回兰州。路上随意记了点笔记,回来看,有些也不知道是记的哪里。
>
> 清楚的也就清楚,糊涂的也就糊涂吧。满天下之大,哪里就有那么清楚的事情。写这些文字的时候,阳光明媚,薄薄的窗纱外一群影子一闪而过,知道是鸽子。若不知道呢?
>
> ——题记

一天

路边,官家标的地名:赵家楞杆。什么叫楞杆?人说,大概是田垄,丘垄。人走着,田里忽然高出的一溜儿,就是了。

楞杆,应该是塄坎吧。田垄、丘垄,叫塄坎,才合适。还是用塄坎吧,有土这地名才踏实。那个楞杆,两根木头,孤伶伶的,呆呆的,在那儿杵着,要么就是要跟谁寻衅似的。不好。地名也是讲风水的。

这地名什么时候的呢?以前。地名都是在以前。一个赵姓人家,不知从哪

行旅书
The Book of Travels

儿来，在这里扎下了根，繁衍开来，有了势力，慢慢这儿就叫赵家塄坎了。那是什么时候呢，真要知道，要一辈辈人问上去，不知问到哪一辈人，才能知道。也许一直问上去，问到没有了人，也不知道。

塄坎宽窄不一定，窄的只能走人，走牲畜，宽的能走车马。塄坎很长，一眼望不到头，细长长弯弯曲曲的，若沿着塄坎埋头舍命走，真不知道能走到什么地方。远处是哪儿？李家塄坎，杏园（该有杏子的），朱家营滩，上店子，坡儿（多柔和的名儿），邱家窑，大道来（真好。一个画画的朋友有印：走大道），土家弯，第三铺（还有第一第二么？），龙头掌，高庙山，葡萄（这是很怪的名字，这儿以前出葡萄？），活马滩（该是放牧，马儿撒欢的地方），新庄，胡家门，接驾咀（叫人不悦），碾子，牌坊（这偏僻之地居然也有牌坊，什么牌坊呢？千万别是那种）……那么多陌生又新鲜的地方，怎么走得完呢？有那么多地方，是叫人伤感的，人活一世，是多么短的一世。

　　若塄坎上面走着人，牵着一头驴（马大了些，不美），好看的黑身子白嘴大眼睛的小毛驴。驴背上驮着什么？最好是有点扭捏的白袜黑鞋的俊俏小媳妇，红衣绿袄，低着眉眼。

　　赶驴的汉子，脸红红、汗涔涔的。走不一会，尤其是对面来个人，来个男人，他禁不住要痒痒地甩一鞭子。一边甩，一边还看着那人，眼角眉梢间有几分得意，好像他的驴上，果真驮着什么值钱宝贝。可怎么不是宝贝呢？白天洗衣做饭，晚上点灯说话。热热的小人儿，下地的人回来，多累心里也是欢实的呀！

　　这两个人是正月里去走亲戚。驮子上搭着一个筐，里面有几块鲜艳的布，两封点心，两瓶酒。一颠，咣里咣当的。

　　俩人回来的时候，晚上了，天都黑了，黑透了。走到这儿，汉子知道赵家塄坎到了。赵家塄坎到了，就是家要到了。

　　汉子看看小毛驴背上的媳妇，家还没有到，他已经热热地想了。

　　忽然，下雪了。临近玻璃窗子的雪，盯住了仔细看，是黏黏的小片。飘着飘着，遇上，就黏在了一起。有人说"燕山雪花大如席"绝不是夸张，虽然没有席子那么大，可是巴掌大，比巴掌大许多的雪花，是有的。黏在一起的大雪花，怎么飘着呢？横着。

看着飘着的雪花，从天上来的雪，真想问为什么要有雪呢？雪为了什么来到世上？

别的星球上也有雪么？

一个地名，甘草店。知道这儿一定有干草。

小时候去挖过干草，跟谁去的，不记得了。挖干草不是为了卖钱，也不是为了充饥，是为了好玩，为了没有零钱买糖，挖几根干草，咀嚼那一点发苦的甜味儿。

也有，是为了在野地里玩一会儿，四处乱走，疯一会儿，贪婪地吸吸野地里的清苦也有点甜丝丝的气息。尤其雨后，野地里气味是那么的好闻，吸的时候，鼻孔、嘴巴张得那么大。一口气，使劲吸着，吸到肚子瘪瘪的，有点生疼那样。

跟着的那个人，一定是懂一点的。现在真的想不起来，身边的孩子，哪个会有这样的常识。可是，确实是有这样一个人，不然，跟谁去挖的呢？怎么认的呢？

挖干草的时候，几岁，也记不得了，五六岁？肯定是在七岁之前。

有印象的只是，记得要挖得比较深。好像也没有专门的工具，只是用一根铁钎子什么的，废弃的菜刀，改锥，都有吧。找到一棵，顺着根用劲挖下去，想挖深一些，根子长一些，深到实在不行了，就只能想办法弄断。新鲜的干草皮隐约记得是褐色的，剥开干草的嫩皮，里面是鲜黄的，知道有些苦味，试着咬一点，苦，可是苦里面含着些甜。干草只能稍稍尝一下，真正吃不得的，有点甜，却眼睁睁吃不得，有些懊丧。

挖的那些干草，后来哪里去了，也记不得了。

车无奈停了下来。前面发生了车祸。

因车祸想，这是为什么呢？那么遥远的两辆车，穿州越府，就是为了在某一时刻，和对面那辆车相撞么？是多少年前就注定的么？看看两个人的轨迹，两个点，延伸出来，直到遇上，擦肩而过，还是，可是它们竟然撞在一起。

两个开车的人，还有车上的人，他们之前各是各的，现在竟然遇到一起。

若再往远了推究，是从不知哪里的矿石里弄出来的金属，橡胶树里弄出来的橡胶，无数的零件凑在一起。这些人，也都是来自哪里？什么缘由坐在这两辆车上。

想想，是有点奇怪的。说是宿命，也不为过。

几个小时以后，再走。不觉间，天色暗了。

雪还在下，前面似乎停歇了，不知不觉间又下起来。夜里的雪花，车灯照着，缤纷的碎碎的银白。车灯照不到的地方，雪是黑的么？忽然那么想。雪是黑的，一个画家能画出黑色的雪么？那黑色的，湿润的，细腻的，寒冷的。

江洛镇吃饭，已经七点多了吧。

下了车，风忽地一下，真是冷。雪花飞在脸上，凉凉的。

想吃一大碗热热的汤面。

山梁上只有一家饭馆。这是那种汽车从某站过来，到这儿将好是晚饭时间的饭馆。从前呢？这儿不会是驿站。过去骑马也不过一天三四百里，人呢，即便是空手，也不过走七八十里吧。驿站在什么地方，是有数的安顿，也有如那句话，走的人多了，也便成了路，停歇的人多了，也便成了驿站。

店里空寥寥的，分两桌，坐着不多几个人。这些人都是路过，在这儿歇息，垫垫肚子。这儿的炒羊肉片最有名。四个人要了两斤炒肉片，土豆片，还有青菜。店家炒菜的工夫，去门口看看，真黑，偶尔一辆车的灯光"呜呜"地过来，过去，远了，看不见了，忽然想起谁的诗句："有人交换着流浪的方向"。

天真的很黑，黑的想跟谁好好喝上几杯酒，热热地说几句话，暖暖的睡上一觉，天亮了，再走。

雪还在飘，店家炒菜的空，一个人出去走几步。四野黑暗，下雪的缘故，阴，看不见一颗星星，偌大的地方，除了偶尔经过的汽车，就是这儿的这些人，店家，旅人，加起来不过十几个人。

　　十几个人也是寂寞的，没有一个人可以亲近，可以好好说说话。转身回去，觉得寂寞，想要好好温暖自己那样，跟店家要了酒。同行没人喝，没人喝，自己一个人喝。

　　酒肉下去，人"嗡"地热起来。出门，冷风簌簌地灌在脖子里。

　　雪还在飘，地面已经有冰了。担心滑，把轮胎的气稍稍放了些。路上遇到独行男子，想带上他。要走到什么时候他才能到家呢？可还是没有停车，也不知道人家肯不肯上车，也许人家的家就在近处某一条沟里，不远。这样的雪夜，那人的家该是不远的。

　　走远了，还回头想着那个人，到家了没有。

　　再走，起雾了。更高一些的山上，满山大雾。叫人感觉雾那边，会有些匪夷所思的什么。

　　车开得极慢，嗡嗡的，没一点劲那样，感觉永远都到不了武都似的。

又一天

　　喔喔喔——梦里一样，鸡叫了。真的，还是？迷迷糊糊中半醒了，想起已经是在陇南的武都了。

　　陇南，旧时候穷苦人家孩子多有靠背茶营生谋生，称为"盘茶山"。一般是空背篓背了粮食，沿西汉水、青泥河、永宁河而下，进陕西转紫阳，或经汉中入大巴山到达县。一路过去，在沿途分批将粮食在旅店寄放，回程食用。待到了地方，背篓将好空了，好给雇主往回背茶。

　　负重时五里一靠，也叫站休。将一根随身携带的棍子，支在背篓下面，喘几口气再行。十里一哨,将背篓卸下,长歇一阵。

"盘茶山"每年一次,所需数月,所赚的钱,够一家一年零用。

"盘茶山"重"双背",也即脊椎骨凹陷较低,背篓磨不到脊椎骨,这样的人可堪负重;而"单背",脊椎骨较高,无法负重。生活艰难,生养了"单背"的母亲是更为愁苦的。

也有用扁担,担食盐、水烟、土布、盆罐、碗的。每担一百二十斤至于二百斤不等。"盐汗交流,喘息薄喉"。

酒店里的早饭,寻常,可有一样还是特别,就是洋芋搅团。封闭地界,新鲜的缘故,这里一直把土豆叫洋芋。洋芋搅团是把煮熟的洋芋放石臼里,反复舂,一直到非常黏,黏而有点韧性那样。吃的时候,配着一小碗醋和辣椒油,一小碗清水。筷子先在清水里蘸一下,再去揿搅团,不然就真的黏住了。吃这搅团,只觉得韧,似乎洋芋的味儿也不甚浓。原本很绵的,反复舂了,竟然会变成这样。物性复杂,据说钢板在零下某某度,可以像敲玻璃那样敲碎。

在山上行走,民居都在建在对面山坡上,斜着、撅着那样。看着那些房子,几乎累积木一样,一层层上去,心里是难过的。

下面是河谷,旧时设溜索过河,索用竹藤,有双索、单索之别。河谷两边只有很少一点狭长土地。即便是山谷,山狭隘,挤着,也只有不多的谷地。那点地,得种粮食啊。居住的地方,只能沿着河谷或者山谷的陡坡,梯田一样挖开一块平地,没奈何,挤着山建。

去了两个镇。其中一个,几乎没有路。车沿着一个崎岖斜坡拧来拧去才上去了。上面人家正在备料盖房子,所用的砖,竟然是十几头毛驴,一筐一筐驮上去的。没有路,且陡,只能这样。当年修建镇府,一定也是用毛驴驮的砖瓦,看这些,恍然回到几百年前,镇长也似乎是骑着毛驴上任的。

从镇长往下,一二十号人,都骑着毛驴上班,还是现在么?不过,想想,真好。

这镇子叫角弓，史载蜀汉姜维剿五部羌氏，曾修角弓崖栈道。《岷县续志》记九巅峡栈道，也许可以想见角弓崖栈道之险："两壁插霄，中午始见阳光，水来涧底，阔不及二武，石礁索确，惊涛釜沸，雷震电击，喷沫洒人面，行者骇胆惊魂，不敢少休"。

陇南修路古代有玄妙破石法。凡破石，在大石下架木火烧，而后浇上冷水，借热胀冷缩破开。

去另一个地方，在大门外和几个人站着说话，忽然里面出来一辆车。见门口有人，该是刹车的，却忽地一下冲了过来。门口的人不好意思说，才刚学的车，一急，反了。有人要去责问，赶紧拉住。还是孩子，大正月里，喜气的，计较什么呢？

山上下来，毕竟是正月里，路边即便是近乎贫瘠的村子，也挂着一盏盏红灯笼，满是喜气！红色真是奇怪的颜色，暗的时候，全然另一样，一旦点亮了，叫人心里忽地一下，热了起来。

返回路上，见一位老人安静地赶着一群羊，黄，带着褐色，心想，那羊为什么就是他的呢？羊不该是自己的么？觉得奇怪。也为自己的想法觉得奇怪。

再一天

返回，经过宕昌。再到岷县。去岷县的肇平家。

路极其平坦。七十年前，史学家顾颉刚从漳县过岷县时记："自四儿店以来即无平地可见，道路所经非登山即涉水，两岸间但以老树卧于溪上，籍之以渡，行其上不免惴惴然"。

岷县若干年前，也是货物集散地。尤其中药材。所运货物，经岷县、南坪到碧口入川。船只的少，以及水流的湍急，多扎制木排。筏工撑筏顺流而下，难有机会靠岸，只能携带锅盔（干面大饼）充饥，实在难咽时，只能在河水里

将锅盔浸软了吃。

在肇平家吃饭。有一样饭是洋芋馄饨，从没吃过。洋芋煮熟，压的烂烂的，下盐、花椒面、葱花、清油，做馄饨馅。以为馄饨是软的，筷子一攃，愣一下，筷子给馄饨抵住一样，略略儿的硬，放嘴里一咬，呀！洋芋馅的。可是，真的好吃。就着碗里的酸汤，葱花，嚼着，洋芋慢慢化了。

那天也是十五，肇平的母亲煮了元宵。

想起二十几年前的肇平母亲。最早一次来，肇平家还在另一处居处。正走间，在门外的小巷子里遇到肇平的母亲。肇平母亲背着一个比寻常要小一些的柳条背篓，没想到在县城也会有人背着背篓。背篓放下来的时候，肇平的母亲居然从里面拿出一个那个时候非常时髦的砖头块那样的录音机。也许还有《圣经》，还有青菜什么的。

肇平母亲似乎穿着旧了的蓝布衫，短发，梳的整整齐齐的，还很年轻，也极其干净。一个背着背篓的人那么干净，叫人觉得惊讶。

后来说话，知道肇平的母亲会弹风琴，教会里那架吕牧师从美国运来的风琴，就是肇平母亲弹的。一个小镇子一样的地方，一个家庭妇女，会弹风琴，我老是在想，空旷的教堂里，一个小女孩，跟着那个洋人吕牧师学习唱诗，学习弹风琴，慢慢长大了，变成一个年轻女子。

肇平母亲弹的那架风琴，据说还在教会某间库房里，满是灰尘，很久没有用了。肇平想把那风琴买回来，可是问到人家，说是教产，不能卖。可是放在那儿谁来善待它呢？漂洋过海上万里从美国运来的风琴，是仅仅由木头和琴弦构成的吗？上百年过去，只不过它不愿意说话罢了。

一直想看看那架风琴，终于没有张口。看了它，又怎么样呢？

运来那架风琴的人，他的三个女儿，是说着岷县这儿土话的。没有人录音下来，几个美国小姑娘，叽叽喳喳的，白皮肤蓝眼睛，一张口却是那样的话。有点怀念她们，想她们是什么模样。想看看她们的照片，也终于没有张口。

肇平的父亲似乎去世很早，似乎肇平给我看过他父亲的一些遗物，有很多手抄的医案之类。

又是一天

改天在肇平家里吃早饭。肇平忽然说，你吃个"下茶"。那"下"是读 ha 三声的，"茶"读 ca 一声很轻。愣一下。肇平接着说，"下茶"就是这种发面的油果子。可是这东西，叫"下茶"真好！年节才能吃这样东西，发面得过，油温很低就下锅，油都浸透了，腻的，要就着茶水才能吃，不叫"下茶"叫什么呢？

肇平喝酥油茶，几乎下了小半碗酥油的样子，放了茶叶，开水一沏，几乎

满碗的油,没法下嘴。肇平就那么边吹边喝,一会就下去了大半碗。肇平也给我弄了那样一碗,边吹边喝,还是剩下大半碗。

喝茶间,雪花再次飘起来。没出去,想着雪大了,满地了,再出去走走。喝一会,看看外面,再喝一会,再看看外面。透着玻璃看出去,院子里的树,枝条上,雪积了很厚了。

推开房门，站在门外廊檐下，看花悠悠落。人也是这样的么？不知缘何而来，虚空里来一样，悠悠地飘，有风无风，不知落在了什么地方。冷而凝着，终究是化了；或直接就是热的，瞬息间就化了。人看见与看不见，人多人少，这儿那儿，来与去，栉风沐雨，一生就这么过去了。满地的尘土里，有多少人啊。那些尘土里，谁是谁呢？人非人，花非花。

廊下的柱子上，挂着什么。近看，是一件蓑衣。不知道是什么草。仔细了看，那草结实细密，如某种动物的粗毛。依稀在哪儿看过，编织蓑衣的草是要经过九蒸九晒的。要去尽了草的脆性，韧了，才能用。顺着蓑衣往下摸，真像是摸着某种温顺的动物。那草也似乎有油一样，觉得水珠落上，会滴溜溜霎时滚了下来。以前在南方见过蓑衣，没想到这儿也会有。想见到那个编织蓑衣的人，看他如何整治挑选这些草，如何蒸晒，如何编织。奇怪的是，做这类事的都是男人。没有女人。为什么呢？

山里还有人这样么？下雨了，穿着这样的蓑衣，打柴，行路。若住在那样的山里，会如何呢？雨下大了，越来越大，下的人焦躁、郁闷，于是不管大雨，披上蓑衣，拎着酒葫芦，去寻一个友人。脚下是草鞋，草鞋其实是适宜于泥泞里走路的。另一只手里，提着一块腊肉也说不定。雨太大，不四处张望，只缩颈埋头走路。两只手里的东西，也不怕，酒葫芦掉了也就掉了，捡起来就是，酒葫芦破不了，酒还在里面；腊肉也不怕，蘸点泥，洗干净了，照样好吃。

友人那儿到了，推开柴门，那坏家伙几上置着蓍草，刚一卦算好了，正在屋里眯缝着眼睛装睡，等着呢。

肇平家的院子不大，走一二十步那样。回到廊檐下，看着刚踩下的雪地里的脚印，随着雪继续下，一会儿就模糊了。想这雪天，披着蓑衣出门，不一会儿，就是满身的雪。白雪的蓑衣，多好看。

回去接着喝茶，兼之以喝酒。一会出去，却发现厕所和前次还一样，不一样的，是里面堆着不知从哪里来的细沙。那沙子真是好看，细细的灰白，极其洁净。知道细沙是用来方便之后，覆盖那些秽物的。

可那沙子洁净的，叫人不忍把它们铲下去。

肇平这家伙，弄点黄土来就是了，为什么非要弄这些洁净的沙子呢。

这个坏蛋！别人家呢？用什么？

晚会儿出门的时候，看见有人家对联是蓝色的。问肇平，说是老人死了不满三年。对联的内容，是怀念的意思。

在小巷子里拍几张照片，有人问，你是那个单位的？知道那是善意的，他只是好奇。这样问，有点古老了。

另一门口，正拍摄间，男主人出来，站在门口，不言语，看也不看，但那意思是别拍了。

一天

小街走走，很难想象都现在了，还有这样旧的房子，门窗和墙略略修了，略略修了，是为了等着房子的寿数么？屋檐上的瓦，那么古老。

地上，满是泥，冷的缘故，冻得梆硬。

一家豆腐店，里面做豆腐，门口架着木板，上面排着一溜切好的豆腐。门口支着一个正方形的带着浅槽的木案，一侧留着一个咀。点了卤水，凝住的豆腐，要放在这个带槽子的里面，用一块很沉的木头压在上面，缓缓把水分压出来。多余的水分，就从那个小咀流了出去。

街边一家小铺，摆着开花的大馒头。这里应该叫馍馍。不知道馍馍如何可以开花，小时候，街坊有人家就能蒸出这样的开花馍馍。似乎开花的馍馍更香一些。开花的地方，上笼的时候，点了一个红点。馍馍开花了，红点也暖暖地散开了。

另一家，也是卖馍馍的。馍馍看来是在家里蒸了，拿到这儿的。一个五十多岁的男人，骑着自行车，身后背着一个背篓，背篓上蒙着一床小棉被。男人停住自行车，放下背上的背篓，揭开小棉被，一一把背篓里的馍馍拿出来。

真想在那儿买一个热乎乎的馍馍，夹上辣酱，小街上走着，过瘾地吃上几口。天冷，鼻涕下来也没准，可以擦了鼻涕接着吃。最好是穿着大棉袄，袖子有点长的大棉袄，两只手捧着那样，一大口，一大口，辣椒酱沾在嘴角上也不管。小时候就想这样的幸福。

回去后想，真是，为什么不买上一个呢？

另一条路上，棺材铺还在。以前来都是白木头的，似乎也又大又笨一些。那会儿走进去看过，甚至用手拍了拍，那木头真厚，要稍稍拍得响，手掌会生疼。这会儿看见的，有点小巧。是因为彩绘而影响视觉了么？其实是不会变的，这不仅是规矩，也是禁忌。只是觉得还是白木头的好，起码在店里还是白木头的好。抬回去，人家愿意怎么油漆再怎么油漆，在这儿还是白木头的好。似乎白木头回到土里也会安然些。油漆似乎有点强行的意味，不管人家，只管涂抹了就是。

棺材铺里面也是不点灯的，暗着，只是借着从门进来的一点光线，约略可看。记得原先是若干块门板的，偌大的门，只卸下四五块，两个人面对，都得错着才能过去。

一间小饭馆，做当地一种面。有名的缘故吧，初十六了，还没有开门，老顾客吃惯了，馋着面，早上溜达溜达，就到了这儿。几个老熟人凑到一块说笑，忽然发现门楣上有一个电话，就想给店家打个电话，问中午开门不？几个老眼昏花，看不清楚电话，又没有凳子可以站上去看，于是试着蹦起来看。几个人年纪都不小了，你蹦一下，我蹦一下，终于凑合着看清了电话。

电话打过去，没有人接，几个人善意地乱骂几句，笑笑了事。

又一天

再次去了陈然的裱画铺子。铺子换了，不再是原来的地方，可是依旧干净整洁，里面的土墙，都糊了干净的报纸。墙上，挂着陈然自己的摄影，装了框子，似乎陈然的日子比以前好了一些。

铺子里刚进门处的顶棚上，用报纸糊着一个小方孔，初以为是一个神龛，供着一个什么神。问，却是通风口。一个通风口，也糊着洁净的报纸，且糊的那么讲究，陈然的手是巧的。

晚上陈然还是住在铺子里，里面有正装裱的字画。

屋子里生着炉子，和以前一样。有炉子的屋子真暖和，尤其离得很近的时候。我坐的位置，将好在炉子边，觉得腿真是暖和。

在陈然这儿烤一会儿火，没有喝茶，因为一会去一个人家，专门喝茶。

陈然这儿，没有馍馍、洋芋可烤，若有的话，慢慢烤熟了，就着一杯茶，说话，慢慢吃，吃也不吃那样，说半天话，喝茶，看看装裱的字画，一直到天黑才好呢。

透过门窗的玻璃，看着外面行走的人，在寒冷的泥地里趔趄走着。在陈然这儿坐着，虽然有好几个人，感觉却是安静的。

后来几次吃饭发现陈然吃的极少。陈然说自己是"环保型"，果然。一个人为什么吃得如此之少呢？和陈然在一起，走不多的路，他就累了，也许是吃得太少的缘故。后悔十年前那次去，走了那么远的路，陈然多累啊。

出门，这条街从前也是有妓院的，在六七十年前，有人指点，某处是"菊花楼"的遗址。这儿从前是货物集散地，大批商人在这里，难免有些风花雪月。房子早没有了，在老一些的岷县人那里，也许有传说。

满是泥泞的街边，稍稍一点干处，一个五十多岁的人，守着几个纸箱，卖几样青菜。芹菜，黄瓜，大蒜。一点也不急着卖的样子。可是即便是卖了出去，能卖几个钱呢？

许多店铺的房子真是太老了，大多真是就要倒了那样，因为挨在一起，互相搀扶着一样，才没有倒了。店铺也太小了，就卖那么一点东西，叫人怀疑能养活一家人么？

也问起吕牧师修建的那座木头二层楼，肇平早就告诉我，已经拆了，可还是问了一句。似乎在兰州问，和在这儿是不一样的，似乎近了，也许那楼就会恍惚在，还可以去看看那样。

回来那一天

班车的票极难买。买票的时候，不仅要买的那一班没有票，中午、下午的票都卖完了。

有在外面拉客的，不能去，不知道他们的车什么时候来，什么时候走，经哪儿走。

没有票，可是也得走。还有那么多事情等着。佛罗斯特也写过，有那么多事情等着：

> 林子真美，幽深，乌黑，
>
> 可是许诺的事还得去做，
>
> 还得走好多里才能安睡，
>
> 还得走好多里才能安睡。

写得真好，有点忧伤的好。

2011 年

行旅书

一、轻尘

小路上的浮土,干如齑粉,轻得叫人害怕,似乎会随时因炎炎赤日忽地"腾"起来,窒住人的呼吸。鼻子细细的,只敢吸三分气,空气太干燥了,近乎焦灼。

浮土厚到三四寸,落脚就"噗"地陷下去。人的身子往前压着,慢慢下脚,即便如此,尘土还是轻烟一样起。浮土轻如菲薄的空气一样。

有人急了,压不住步子,尘土起来,步子愈快,可尘土是更快的,猛然就扑在人的鼻子喉咙里。人呛,就更耐不住,索性一顿乱跑,尘土浓烟滚滚一样,什么也看不见了,只是一个什么东西忽然撞了出来,浑身是土,两只眼睛灰灰地扑噜。

浮土太细微了,太干燥了,叫人知道物质完全没有水分的时候,是多么可怕。捧起一把土,几乎没有分量。轻或重的手感,也都没有办法把它们攥在手心里。转瞬之间,流沙一般,两手空空。

几年前,写过这样的句子:

灰尘未知,它们轻飘、迷离,
我们不能

即使无风,我们也不能控制

它们仓皇渗入空气的速度。

地上最初一定是没有浮土的,只是岩石,寒冷阴郁坚硬的岩石。是时间,是近乎无限漫长的时间,以它的固执慢慢改变了世界,让它的岩石风化,变成尘土,滋养万物、埋葬万物的尘土。

世界的最后,一定不是再次回去,寒冷地收缩,凝聚成岩石。而一定是变成尘土,变成在日渐衰老的时间里弥漫的轻尘。轻尘日渐澄澈的时候,就近于虚无了。而虚无,是世界的本原吗?

二、小寺

半山上有小寺,没时间上去看,其实,真有时间也不会上去。一个小寺,也不过就是一个小寺罢了。旅人经过的时候,它也路经了旅人。相互的缘分,也就如此。

可还是会远远地瞄几眼。小寺简陋,甚至没有所谓的青瓦白墙,和周围世俗人家并没有什么不同,只是它用素土夯筑的矮墙,红瓦的屋脊和檐角,叫人知道它是一座小寺。寺门也

应该是有匾额的,可是远,看不见,看不见也就可以说小寺没有名字。它的小,也似乎可以不必有一个名字。没有名字的寺,天下一定有。

小寺里的僧人,会少到只有一两个。僧人寂寥的时候,做什么呢?尤其夜里,满天星斗,满天的清凉味道。

稍稍走远几步,回头再瞄一眼,小寺明明还在那里,可感觉竟然是没有一样。真的,不知为什么,那座小寺竟然没有一样的。

没有那座小寺,只有寂静,安适,缓慢悠长的寂静和安适。也许,还有一点孤单,清凉凉的孤单。

三、梨花开了

梨花在空气里悬浮。满树的细碎,细碎的白,一粒一粒的,近乎碎玻璃般锋利。似乎它们是在某种速度里,忽然停下了它们的细碎锋利。

满树梨花,厌倦那些琐细蜷曲着的叶子,托在梨花后面的叶子。如果没有叶子,只是梨花,只是梨花怒放,凌空飞舞它的锋利,该有多好。

梨花的飘落,也要骤然之间,就一夜,忽然就落尽了。那一夜也要有点凄凉的风,一夜吹尽,地上不见一片落花。落花之后,也不要结果,只是凌空的枝条,把那一小片空间,抽空了一样。

那些梨花似乎从来就没有来过,只是一个梦。

四、平板车

路上见平板车,横陈的巨大钢铁机械,重达几十吨,且结构异常复杂,复杂到叫人无法想象它的内部构造。对机械作用的不甚了然,更使得它的重,它的复杂,令人敬畏。

艳阳之下,巨大机械的橘黄色漆饰,犹如一片燃烧。如此的机械,和我们的日常生活完全相反。它远离尘世,只是从另一个奇异的角度,深入了人类的日常生活。

它的重量,无法看透的复杂,炫目的橘黄色的漆饰,叫人想起另一极的古老水墨,它们之间,相隔实在遥远。水墨在宣纸上渗开,轻是重,重也是轻。而现代的金属机械,总是重的。也就是说,有一种美,它可以是重的,也必须是重的。它移动的时候,我们可以说,有一种美在沉重地移动。

五、荒原

荒原,无法将它界定。它的大,冷漠,难以言喻的意义,都似乎在无限蔓延。无法界定的荒原,是"无",而"无"是不可征服的,"无"才是真正的大。

可是,只要有人将荒原其中的任何一小块用围墙圈住,荒原的"无"就消失得无影无踪。哪怕那个围墙里的家多么小,小到只有一个锅灶,一张床,只有一个人,小到那个人只是偶然路过,燃起一缕炊烟。但是,只要有一个人,一点人迹,荒原就是小的。人的"有",也是可怕的。

这也有如绘画,不管多大的白纸,都惧怕犀利的线条。轻飘的白纸上,线条如同刀痕。它们的重量，善恶交织的力量，使得白纸给我们带来的虚无，突然失重。

六、暮色

暮色降临。不知为什么，暮色叫人想家，忽然没来由地想到"众鸟归飞急"，尽管出门不过几个小时。

太阳落下去，泛白，微微有些凉意，冷意。"白日依山尽"。忽然想到古人的许多文字是从真实中得来的。

暮色渐渐深了。想暮色这个词，单独说"暮"，"暮"是气数将尽，是衰微。可是暮色这两个字连在一起，却是宁静，安适，是大地和天光倦了之后的休眠。

这边倦透了的时候，遥远的另一天边隐隐亮了。

已经有勤劳的女子起床了。睡不着的老人起床了。鸡叫了，狗吠了。麦子上的露水正饱满满的。

七、夜色荒凉而美

入夜。戈壁犹如月球。在月球上能见到的一切，大约除了环形山，偶尔腾起的月尘，冷，失重，其他和这里并无大的差别。

这一段戈壁，没有草，再野的草也没有，只是遍地沙砾，沙，黑灰色的，低低弥漫开去。似乎从没有人沿这里走过。若干年前也许有人经过，走了，就再也没有回来过。头也不回地走了。也许，那人还会想起他曾旅经的戈壁，心里那一点，暖的，还是凉的？

且当这里就是月球吧。慢慢看一会儿，再看一会儿。

剩下的除了风，只有空空的月光。

八、哈萨克人

眼睛细眯眯的,给人的感觉,老是有风沙吹着的样子。尽管细眯眯的,但露出的一道窄缝里,眼神鹰一样深邃。

坐在他的车上,一言不发的他,只是把手掌横在车窗外,感觉那些呼啸的风的扑打。

吃饭的时候,有人给他倒酒,他推辞着。旁边的人说,他下午还要开车。可一会儿,他还是不声不响,上前敬酒,自己也一大

杯子一大杯子地喝下去。有人止住了他。我知道,如果没有人止住他,他会一杯一杯地喝下去,直到结实的身躯略显笨重地倒下。

他的身体很结实,宽阔的骨架,肌肉发达,很有些分量,我似乎看到醉酒后的他,支撑不住,倒下去,重重地砸在地上的声音。

九、土色

这边无疑要冷一些。阴历四月了,草还没有发芽。地气还是冷的。

残留在地上的去年的草,远远地看不见。近了,忽然显出来,竟然与黄土一色。如果没有那些看起来凸起的肌理一样的枝条,那些枯死了的草,简直就看不见。

戈壁上很少见到纯粹黄土,有的只是碎石。这些细腻的黄土从何而来?抑或本来就不是黄土,而只是黄土的色泽。离得远,没有办法看清楚。真想车停

了下来，走过去仔细看看，摸摸，那和黄土颜色一样的窥伺着不露声色的枯草。

十、石头

穿过沙丘地带，奇怪的是，忽然，遍地石头。有些石头近乎巨大。散乱的石头，似乎从天而落，或是远古某种我们远未所知的遗存。

贺兰山下，也曾见过这样的石头，不同的是，贺兰山下是一个斜坡，据说那些石头是下暴雨的时候形成的泥石流从山上冲下来的。仅仅是雨水，再大的雨水也没有这样的力量，要融入泥的力量，水的浮力才足够"浮"起那些石头。看过泥石流的纪录片，势不可挡的水的力量、泥的力量，将石头如同泡沫一样地"浮"了起来，那力量真的犹如可以将万物轻松玩弄于股掌之上的大神。

但是，这边是戈壁，雨水极少，且没有山，更没有斜坡，数以万计的大小石头从何而来？

站在这里，会叫人觉得有一个神，可以支配一切、轻蔑悲悯一切的神。可我们还是想知道那些石头究竟是什么样的来历。世间万物，各有其主，这些石头，谁是它们的主。

十一、旧城

旧城是叫人有意识抛弃的城。据说在一个地震带上，海拔也高，寒冷，树都要晚些日子才能绿。一棵长了五十年的树，也不过一尺粗。城最早的机缘，是哈萨克人在附近放牧，聚集了人气，才有了这个城。

旧城沿一个缓坡上去。先是一个废弃的卡子，其实也就是一根胳膊粗的树干拦在进城的路口。整个城，太小，全部九千人。说是城，也不过十来座楼，几百间平房罢了。政府，电影院，邮局，几家小酒馆。一个来回，不过半小时。

去看同行的人若干年前住过的地方。不仅荒凉，简直是破败。全是土的感

行旅书
The Book of Travels

觉。原先还好，有木头的床，桌椅，还应该有电。关键是有人，人气，人的温暖。现在，全是土，土炕，废土。据说有牧民偶尔住在这里，锅灶巨大，只是没有锅，烟熏火燎的黑还在，染着些土色。满地的乱，废弃的橡胶车胎，生锈的铁丝，酒瓶子。残破的墙，塌陷的地。门，见不到油漆，什么也见不到。只是外面的

"锁"有些生动,一根不知用来做什么的棍子,别在门口,就成了"锁"。大约也只是告知,这儿有主人。

废弃的院子里拴着一只狗,拴得很紧。狗很安静,可那链子我知道,即便是狗怎么使劲也无法挣脱。也因此我老是担心,万一牧羊人回不来了,万一忘了,万一……

搬走的人,还恋旧。闲了,还会回来。找牧民买一只羊,就自己宰,自己带着锅,随便找一些树枝,三块石头架火煮上,调料就是一把盐。酒是成箱的,酒瓶子,一会就喝一地。喝多了想起过去了的事情,吼一会,满脸的泪。回去的时候,暮色里,人都默不作声。

整个城搬空以后,建筑并没有全部拆除,残余着一些砖头、钢筋。也还有没有拆除价值的,土夯起来的民居,看起来像楼兰古国一样,要慢慢一点一点消逝。如果没有人为的因素,大约要几百年以后才能彻底消失。

离开的时候,见几只羊在一边静静吃草。见陌生的人来,羊抬头看着,嚼着草的嘴一动一动,似乎在说,一个也不认识。

路边,还有一股水流,尺把宽,水很急。心里想,有这一点水,这城就不会彻底死了。还有人的记忆。

离开旧城,见新城里的某种不知名的树,叶子一律像是折叠后压出叶脉的崭新纸片,假的一样。

十二、当金山垭口以及牧马人

经过当金山垭口,开车的师傅有意停下来。他有点得意的样子,指着路边一块牌子说,当金山。那上面写着3648。我知道那是海拔高度,这也是迄今为止我到过的最高地方。风吹着,空气清冽,极其净爽,并非是觉得缺氧,但人就是想使劲呼吸,感觉鼻黏膜上那一点清凉。稍站一刻,觉得满天下的空气都是脏的，只有这里，是干净的。

人放松了一下，女人们则躲在稍稍远些的地方放松。

垭口是这一带最高的地方。可以四顾，四顾茫然或不茫然坚毅得很，都是自己的事情。脚下的山脉低俯逶迤而去，犹如某种退让和恭敬，退让和恭敬于比自己高远的地方。满眼看去，四周山色几乎都是黑灰，奇怪的是，只有一座山通体白色。山脊落到山根，白色戛然而止。叫人对大地的神奇，惊叹不已。

人都回来，准备再次上路的时候。见两个骑摩托车的哈萨克人从一个山坡翻上来。开头没有注意，猛一看见，似乎是从地底下冒了出来。

车上有认识他们的人，说了句什么，回头说，马丢了，找马啦！哈萨克族师傅说"啦"，而不说别的字。说"啦"似乎就一下子把丢马这样的事情变得极其轻松。似乎那一个"啦"字，就把马放在了群山之间。在群山之间的马怎么会丢了呢？马只是在山间有草的地方吃草，吃完了就再换一处。能生老病死，而不能丢了。丢在大地上？这话是无法说通的。

牧马人骑着摩托车沿着山坡下去了，他们上来下去，似乎只是一个弧线。低洼的地方，看不见，只是隐隐约约的马达声，越来越小。

他们的马在哪儿？也许马早就回去了，也许他们找了许久了。在某一本小说里见过这样的场景，牧马人寻找他们的马已经一两个月了。

他们是找马的，可那些马怎么就属于了他们。

山形如马，山色如马，呜呜地风，如马。

十三、芦苇

在额济纳见识过什么叫轻，硕大一枝胡杨，人用力去拿，忽然会有失重的感觉。完全脱水的木头，它的轻，几近于无，超乎人的想象。

沿着苏干湖，见到大片的芦苇。芦苇饱满的时候，它的绿色里，蓄满了水分。

高大浓郁的芦苇,和它沉甸甸的穗子,可以藏起一整支军队。但是秋了,秋凉了,也是失去水分的缘故,草色枯黄了。似乎是那些水分将芦苇的颜色带走了。草,尤其是大片的芦苇,色泽淡极了,似乎再淡一些,它的淡黄色,就无法辨识。那淡黄色,干净极了,也柔顺极了,没有一点欲望的样子,似乎并不像是这个世界的物产。

想多看一会芦苇的样子,远远走在后面,生怕别人觉得矫情。仔细看枯干的芦苇,轻轻折下一枝。它的杆子,轻得几乎没有分量,掂着,似乎只是自己的手。

近了仔细看,干枯的芦苇穗子似乎有细小的刺一样,手轻轻地触探,却极柔软,顺着的时候,丝一样滑。

芦苇的穗子,是虚的,早脱尽了水。极其松,只有少许的绒,似乎里面充满了空气,充满了空气的轻,随时会飞走,并不比蒲公英的花絮沉多少。

就在这样的湖边,有人见过巨大的鹰。头宛如人头般大小。扑着翅膀跑了百十米才飞了起来。生命又是多么的沉重。

离开的时候,远了,看见湖面上有黑白小石子一样滑动的什么,那应该是野鸭之类。平直这个词,用在这里是多么合宜。就是一条线,写出去了一样。

十四、芨芨草

芨芨草似乎并没有什么用处,甚至是烧火。这草没有耐力,一锅底的水都烧不热,呼啦就过去了。烟消骨散,一灶灰白。

汉代残存的烽火台,也会用到芨芨草。芨芨草在这里变了,成为"骨"。戍守边关的兵士,将干枯的芨芨草裁齐整,用细绳子编成草帘子。夯半尺厚的黄土,铺一层抹了泥的芨芨草帘。这样夯筑起来的烽火台,有到现在还几乎完整的。从墙的外面,还可以看到黑朽了的芨芨草的截面,那截面犹如一排细小空洞的眼睛。在一处遗址，我取下一根看起来尚好的芨芨草，可到了手里，危如齑粉。

可就是这样的芨芨草，哈萨克人却有自己的用途。也许是缺少树木的缘故，任何一点可以成为"枝杆"的东西，都十分珍贵。

一家的帐篷里，主人端来的切成"牙"的馕，奶豆腐，奶疙瘩，奶茶，太诱人了。我觉得自己很幸福。坐在铺得好厚的地毯上，吃饱了，喝足了，就可以随地躺下，随便睡到任何时候。牧民们忙自己的事情去了。我知道如果是夜晚降临的时候，小两口会随意睡在我一边的毡子上，甚至非常随意，而不忌讳我的存在。

也许是累了，也许是偶然的转身，我忽然看到那花毡似乎是什么编织起来的。但我没想到的是，那花毡竟然是芨芨草编成的。

女人们将枯干了的芨芨草裁剪整齐，一根一根，按照事前想好的图案，用染了色的细毛线缠了。再将缠了毛线的芨芨草，用线绳绕着编织成帘子，一块一块地固定在涂饰了红油漆的红柳枝做成的帐篷骨架外面。最外面是羊毛擀制的毡子。

直径四五米的帐篷，得要多少根芨芨草，而每一根芨芨草都要用毛线缠裹起来，得花去多少时间。不敢细问，那应该是"岁月"了。忽然，不知怎么想起一个词，叫作"锦心绣口"。

可这里的人觉得并没有什么值得炫耀的，似乎就是那样，女人们的生活自然的一部分。

叫我不可理解的是，芨芨草并非是坚固的东西。如此的耐心，心机，能保存多少时间呢？汉族人制作精巧东西的时候，是一定要选择最为坚固的材料的。会祈愿那存储了人心血的东西，能最大限度地穿越时间。而哈萨克族人，心里怎么想的呢？也许是他们觉得最为脆弱的东西，才真正需要精心的呵护。一件东西，也许是不应该计较时间的，它们能穿越多少时间就穿越多少时间。它们结束生命的时候，也许就是它们最为应该结束的时候，是不应该哀伤的。

十五、铁皮包裹的箱子

帐篷里有一对箱子，说是陪嫁用的。里面是木板，外面用崭新的白镔铁皮包裹。应该是没有打底稿的，直接就用尖细的錾子一样的东西，一个点一个点錾上图案。某些民间艺人有这样的才能，他们可以直接就在材料上下手而不必精心考虑什么。他们不会失误，那种直觉告诉了他们，到整个图案完成的时候，最后一笔，恰到好处。有抽象的图案，某种植物，更多的是羊头羊角的图案。那些抽象的图案，是某种不知晓的植物，也许它们还存在，也许已经消失。植物的图案，也似乎并不复杂。在描摹这些植物图案的时候，那些手执錾子和小锤子的匠人，似乎嗅到了青草和花朵的湿润气息。

图案錾好，还需要涂饰透明的彩漆，精美到人可以在无论如何近的地方，挑剔地看。

这应该是古老的技艺了。除了镔铁皮是晚出的物产。

我一直认为，从事这样的手艺的人才是真正幸福的。

十六、关于狼

自然会谈到狼。狼是贪婪的动物，追到羊群，不会咬死一只，拖了就跑。而是似乎怕羊跑了，疯狂地乱咬一气。咬死一大片，才叼了一只。

狼其实也是怕人的。露宿野外的人，憋足了尿，撒一个圆圈，人在里面裹了皮衣蒙头睡，狼嗅到人的尿味，会悄悄绕着过去。

也有人朝不同的方向打几枪，然后就地睡下，狼闻到火药的气味，也不会过来。

一个人说，他的一个朋友，车坏在了路上。天气极为冷，就找来一些干草点燃取暖。又见到几根动物的骨头，也放在火里面烧。骨头燃烧的味道引来了狼。那是一只饿狼。人见狼来了，赶紧躲在车里。狼却不走。车里极其冷，实在没有办法，就把车座套、海绵等撕成小片烧着取暖。又不敢开窗子，第二天，人找到了他，脸已经熏得和黑人一样。

那只狼在那里死等了他一夜，直到他的朋友来找的时候，才怏怏地走了。如果没有人来找，狼会一直等下去。直到他干渴而死。

十七、柳树、杨树

转过半道弯，深的谷地里，十几株树赫然拔地而起。人脑子里嗡地一下。

敬畏地往下走，给定住了一样。

近了，太高大的树，感觉竟然是不大真实的。去摸这样的树，感到自己的全然无力。试着使一点劲，纹丝不动的感觉反过来传在手掌心里，岩石和铁铸般沉，似乎并不真的是木头的。柳树的树皮色泽深，觉得合宜，有些岩石铁铸的味道。可树皮近乎白色的杨树，摸一下，也是那样，沉的呀！

不远处还有树，应该是同一个遥远的王朝种植的。奇异的是，有两株并生，若夫妇般。当年就种植得太紧了。现在看倒是不寂寞，可以耳鬓厮磨，但是那样高大的耳鬓厮磨，叫人难以想象。

四十几年前，在我所居住的城市，有一个叫作牟家庄的地方，立着一株大杨树。跟我说的那个女人，是母亲的乡亲，说闲了去我那玩，好找，大杨树第二排。我去的时候，真是好找，树太高大了。后来我学会了一个词，叫作"匪夷所思"。

散落的树间，有废寺。据说是几废几立，几立几废的。

那间废寺，其实挺好看的，为什么废了呢？

十八、竹子、苍蝇

一个闲置杂物的矮小棚子，棚子上苫着竹排。时间久了的缘故，竹排散了，零落、懒散的样了，有几分悠闲。这地方雨水不多，可十几茎散开的竹子还是霉变了。霉变的竹子，有许多小黑点子，极细小，浓密适宜，大艺术家也并不能点染到如此。

一茎竹子的霉点之间，静静停着黑白细纹的苍蝇。平白里厌恶苍蝇的我，竟然痴呆呆地看了半天。苍蝇，只是静，有如沉思什么。几只纤足，悄然写在那些细小的霉点之间，竟然有几分美感。

小林一茶有俳句："不要打那，苍蝇搓他的手，搓他的脚呢"。是爱怜。也有谐趣。

竹子的散乱之间，有蛛网，遗漏下来的阳光照着，银丝般。阳光的亮，叫竹子的细小霉点，也是暖暖的，暖暖的美。

2006 年

尘世杂记

体检

早上体检。其实前天就该去的。

头天夜里,为了起早,特意上了闹钟,也起来了,可是不知怎么稀里糊涂就去了趟卫生间。心里该是清楚的,怎么就一时忘了。有点疑虑,也许,是不想去。

想想,人哪里需要体检。体检能检出什么?倒是稀里糊涂的好。亦有人因着体检,本来还可以活若干年,结果一体检,完了。想起汪曾祺老的话,三不主义,不戒烟,不戒酒,不锻炼。我的老师亦是,不检查,不进医院。他说,不检查,小病没事,大病治不了。可归总他还是拗不过女儿,进了医院。进了医院,就再也没有出来。我们去看他,他明白,坦然得很,安排我们去喝酒,他知道出不去了。我说,等你好了,我们再喝酒。他笑笑。

体检,最终还是去了。似乎在应付谁。应付谁呢?不知道。

木头一样地给人摆布来摆布去,既是木头,也就可以麻木吧。

体检结束,一路走着回去,走了好久,有如很长一段无奈人生。早上刚刚落了沙尘,这会下了一点细雨,雨落在身上,满身的泥点子,叫人感觉满世界的脏。从雪白满是来苏水味儿的医院出来,忽然满身泥点子,反差太大了。

街边，不吋过汽车。某日曾有汽车急驶，几乎擦身而过，忽而想若是撞到自家，会发生些什么？必然是身子随着撞击陀螺一样疯转，而后摔倒，好长时间醒来，或终于不再醒来。

不再醒来，我留下的那些书怎么办？一段时间，直到现在，已经不断送人各样的书。书太多了，留给谁？留给孩子？不必。孩子也用不着。也曾写一短文，说要在六十岁之前要将家里的书基本送完，留下百十本即是。可是说话终于没有算数，至今还有几千册堆在那里，沉沉的，乱乱的，除了常翻看的一些，其他的满是尘土。也懒得擦拭，似乎书放得时间长了，也是可以老了，满面尘土的。

也想起数年前在南方一座寺见到牌匾：了脱生死。心里想，这字写在这里，就是没有了脱。了脱之人，早忘了还有"了脱"之事。忘了，才是真正的"了脱"。看看《心经》，到了那境界，什么也不需要说了。顿悟的僧人不说话是有道理的。

谁说，打谁！

细密密的泥雨里，有人携着鲜花，一大束鲜切的红玫瑰。玫瑰此刻，是活着的，还是已经死去了？忽然有点莫名的悲哀。

厨子

某天忽然想，退休了以后，去学个厨子吧。

昨晚做梦，削一个不规则的萝卜的皮，梦里还竟然能想到先将萝卜切成几段，而后把萝卜皮一一削去。

下午回家，路上买了几样菜，胡萝卜、白菜、黄瓜。

遇上卖鸡蛋的，买几个鸡蛋。卖鸡蛋的人一边称鸡蛋，一边问我，胡萝卜怎么吃。

我说，凉拌呀！

怎么拌？

我说，切了细丝，也切细了葱丝。萝卜丝撒上盐先腌一下，沥去水，稍许醋，码上细细的葱丝。起了油锅，略下几粒花椒，炸香了，除去。再把热油炝在葱丝上，一拌就好了。喜欢辣的，在炸花椒的时候，也下一点辣椒。

卖鸡蛋的说，你的品位高。真高。

无言。

看来我是当厨师的命。这辈子不是，下辈子，难逃！

蚊子

还不到夏天，蚊子就来了。

觉得蚊子真是进化了，聪明了得。凡落脚之处必定是你用苍蝇拍打不着的地方，比如墙角，天花板，灯上面的某个位置。而飞着的，你举起拍子要打，蚊子如最敏捷的战斗机那样，忽地低下来，一转，找不见了。

还有厉害的，昨天打一只蚊子。那只蚊子正在玻璃窗上，一拍子打下去，蚊子却忽地顺着玻璃孩子滑滑梯一样，倏地滑了下去。再找，不见了。只能挠挠头，这蚊子是怎么了？如此鬼怪精灵。

蚊子还有奇异的。几年前，正在窗纱前站着，忽然发现窗纱下面一处有个窄缝。缝窄，蚊子钻不进来，却有一只蚊子竟然匍匐前进的兵士那样，缩下身子，钻了进来。简直！

曾写过一首诗，大意是蚊子这样的小生物，上帝没有给它存活的别的技能，只能喝人的血，人也就认了吧。上帝都默许了，人又如何呢。

那只小蚊子，我写得很可爱。我细细观察了蚊子的小脑袋、稚嫩的小嘴，它喝人血的姿势那么娇憨、认真。

那是在喝我的血。

微雨里

早上走路，微雨，微微的雨。包里装着雨伞，从前天起就装着，可是不愿意拿出来。微微的雨里，一个男人打着伞，太娇情。我喜欢看见一个男人，最好是两个，淋着雨，无所谓地快步走着说着什么。

不打伞。夏天的早上，这一点微雨，真是舒服。遗憾的不是在山里。若在山里，慢悠悠走走，上山下山，累了，歇在亭子里，才好。若有人在亭子里备了热茶，抿一盏，看雨忽然大起来，最好。

微雨里，忽然想起木心，想起陈丹青——这几天一直在看的。想起昨天快下班的时候，看木心的纪录片。木心低低的声音，有点女性甚至老祖母那样温柔的男人，干净的脸，一直在笑。说起劫难，许多人难以活下去，可是木心说：我不！木心的声音那么低，是说给自己的。想起木心的《文学回忆录》，那些短截、睿智的话语,就是从这个人的口里说出来的。陈丹青一句话说得感慨:这个死不改悔的人!还有一句:为什么没有木心?

断裂了,就很难弥补起来。几十年都不能。真要弥补,下一个轮回了。

忽然又想起鲁迅的一句话:这孩子将来要死的。苛刻无情,却是真理。

世界上隐藏着真理,可是很少人看见,说出来。

可也许,真理竟然是没有的。

四则

一则

早餐,有意识吃得少一些,出来还是觉得很饱。饱的时候,总是觉得自己肮脏,满肚子的不洁净。

人若是喝茶能过活的话,多好;喝酒,也行;至多吃几粒松子。可是,不行。

肚子饱的时候,读书也觉得是蠢的。

沏一壶茶,慢慢掁着,读书多好。要是只有几粒松子配着,也好。

从书里面读出松林的气息,月上松林的气息,才好。

这也犹如人在世外,才能真正读读人世。

二则

昨天下班,照例去儿童公园快走。

有点蒙蒙雨意,却不是牛毛细雨。尝见到牛毛细雨,迎着天看,真是细如银丝,晶亮亮的好看,甚至有点迷人,叫人仰着脸任雨丝抚着不愿低下来。

细雨,渐渐大了,带着伞,却不愿撑出来,觉得细雨淋在身上,滋养一样。雨中的树木花草不就是这样么?

三则

往回走的路上,见到一个还不能算是五短身材的人,不过是稍稍矮壮。有

意思的是,他的右手攥着三四根极粗的大葱,手臂有力地挥动着。忽然想起前几天看木心的话(大意):喜欢看到一个结实有力的人,安安静静坐在那里写小说。看着这个矮壮的人,忽然想这个人回到家里,洗净了手,若是伏在案子上写细细的好看的小字,该有多好。

四则

巷子里见到一个老妇人,惬意地左手端着一只搪瓷的大缸子,里面无疑是热茶,右手拈着一支烟。老妇人是从艰苦日子过来的,却保留着抽烟的习惯。不知那个时候她抽什么牌子的烟。记得小时候有低廉的双羊,大概最便宜的是经济烟,也就是白纸包装的;好一些的有金钟、黄金叶,再好的是恒大、大前门;再高级的是牡丹、中华。中华烟是可以论支卖的。老妇人想来是没有抽过中华烟的。

苦日子过来的人,满足得很,一大缸子茶水,一支烟,树荫下乘着夏凉,满足得令人羡慕。

几样

清早见杨梅,看看就过去了。这东西太娇嫩,没办法运送的。现在见到的,哪里会是天然的。即便空运,从采摘地转到机场,再过来,到了吃家嘴里,再怎么快也几天过去了。杨梅是分分秒秒腐烂的。河姆渡遗址发现过杨梅属的花粉。七千多年前南方的东西,直到现在西北也不能种植。那么远,还可以运过来。杨梅添加了什么,不好说。

还是杏子好。早上也见到杏子,自家的浅浅柳条筐,满是黄而绽着嫣红的杏子。杏子是本地物产,可以放心吃的。酸甜如何,是另一回事。清水稍稍一冲——成熟的杏子皮很娇嫩,硬洗不得。吃的时候,用手捏住,一掰,就是两半个,杏肉是杏肉,核是核。杏肉吃了,还要砸开杏核,吃里面的杏仁。一般卖杏子的都自夸,我这是甜核杏。看着杏子,稍稍不满的是,筐子底下铺的是不干净的塑料布,就不能铺点别的什么吗?

想起每年入冬前,住处的后门,几乎都有一个干瘦高挺的老人卖冬果梨。两只篮子,也不过七八十只冬果梨,有大有小,皮有细有粗,皮细的似乎儿女,甚至侄孙,皮粗的甚至还带着斑点、疤痕,爷爷般苍老。冬果梨也有公母,梨子的蒂努出去的,是公梨;凹的是母梨。一般人总是挑母梨,说是果肉细。筐子里最后剩下的,多是公梨和生的难看的母梨。

我遇到这老人,总会买五六只梨,自然也是选择母梨。也有时候,很久没有从后门出去,见到的时候,已经是剩下的梨了。老人站在那儿,已经不说什么,梨子不好了,老人似乎也有些不好意思那样。偶尔,老人自己也吃上一个。老人不洗,只是用粗硬的手掌在梨子上抹几下,顶多是用衣襟再擦一下就吃。

有人买这些最后的梨,老人总是很便宜。两篮子梨下来,总有三几个没有人要。老人看着买梨的人走远了,还看着。

空着的篮子里,只有最后几只梨的时候,那块铺在篮子底下的旧蓝布就显得十分显眼。蓝布很旧了,可还是能看出洗得很干净。

那些杏子若是也放在这样的旧蓝布上,该有多好。

时间

满市场的各样菜蔬、水果,叫人感慨。记得小时候的冬天,只有土豆、白菜、萝卜,再就是豆腐和粉条。遗憾的是没有肉,若有肉的话,这些菜蔬配上肉,烧成各样菜一样好吃。

现在,不管什么时候,什么都有。反季节的东西,究竟是怎么回事情呢?人就那么惦记着,那么贪婪,不能忍着到时候再吃么?

记得在川端康成的小说里,人们看到通草果,看到某种季节里才能打到的鱼,那种欣喜样子,着实叫人感动。季节流转,世界在慢慢变化。尤其是春天的某种什么,窝了一冬天,终于天暖了,谢谢上天,终于可以冲出泥土了。那种昭示春天的菜蔬或者什么。人们享用的时候,真是要感激的。

因为季节,想到一些变迁。院子前门那边的一小片居民简易屋拆除了,出现了一条路。路上满是废弃的杂物,鞋子,旧家具,铁皮烟囱,脸盆,以至于散落的一些煤块。这些曾经隐蔽着的人的生活,终于露了出来。

想想这些遗留的旧物,真是可以想象这儿曾经发生过的什么。一定有许多比小说更有意思的事情,就在这儿发生,也在这儿消失了。

随着拆迁,这儿很快就要有一条路出现,崭新的路。往很远的时候想,这条路也会旧了。虽然,那要很多年以后。

想起以前看过的一幅漫画,一个提着旧手提箱的男子,在一个旧站台上怅惘,站台下的铁轨就剩下了不长的一截。

两边,茫茫的。

石器

前天去友人家,看到许多石器。一块可以戴在颈下的如同苗族妇女颈下银饰那样的半月形玉璧,让我看了许久。据说,新石器时代加工这样一件玉璧,大概需要一个人制作一年,甚至更久。那个时候的时间,似乎不像现在的时间,人们习惯于缓慢,习惯这样的东西必须加工那么久。

现在,人们忍不住。相对于半个小时就想加工这样一件东西的现代人,过去的时间是可怕的。那么漫长,但是没有人觉得。那些时间慢慢过去,日出而作日入而息,就是那样,没有人觉得有什么不合适的。

那些物件里,隐藏了那么久的时间,以至于我拿着它,感觉到的不只是玉璧,而是很久很久的时间,另一种时间,我们很难理解的时间。

这些东西将要留存下来,而那些匆忙造就的,瞬间消失。

路过

常路过的那条楼群之间的小道。那些楼房已经很旧了,应该是上世纪六十年代的建筑。一个门洞外面,坐着一个老者,惬意地(也许该说是满足吧)在吃一张葱油饼。本应该在家里吃的早餐（奢侈了，寻常人只叫作早饭，或直接就是饭），却坐在门口，一边吃一边眼巴巴地看着什么，无端地叫人觉出老者的可怜。

有时候会想，这样活着，有什么意思？不过是经由岁月，一天天老去，直到死。哭着来，哭着去，不是么？天地不仁以万物为刍狗，天地就是如此。也记得什么时候，很多年前了，写了点什么，好像是人的怨愤，人都不再生育，已经出生成长的，不停地自尽。眼看着满世界的荒凉，上苍受不住了，出来求饶。满世界的荒凉，上苍也是受不了的。活该！可是，人类是不会的。上苍总是有法儿哄着人活下去，悲欢离合、生生死死地演着给上苍看。比起动物，人实在是在舞台上一样，演出了那么多的活剧。不仅如此，人类还编剧，要演给自己看。

想想，还是动物的好，阳光便就阳光，死亡便就死亡。直接，简单，痛快。

在这个世界上，人类实在是一个异类，不明不白的异类。有人说，人类是我们迄今未知的什么的试验品，也许是真的。试验些什么，人类自己是永远不会明白的。明白的，不会是人。

寻常

前几天去超市,见到小时候吃过的山楂糕、伊拉克蜜枣,还有古巴红糖。买了前两样,时光仿佛又回来了。

山楂糕还没有吃,似乎要留着纪念那样,有点舍不得;伊拉克蜜枣吃了,还是过去那个味儿,却觉得没有那么好吃了。伊拉克蜜枣的另一种方法还没有吃,就是煮在粥里。不要彻底煮烂,把粥的黏热多半煮了进去就是。再煮,蜜枣就不甜了,也太软烂,没有一点儿嚼头。小时候时常会在锅边站一会,看着煮得差不多了,悄悄用筷子夹出来几个。蜜枣已经离皮了,果肉的浓甜常常诱人到不管它有多烫。

昨晚快走一小时,回来的路上,转而穿过一条不常走的小街。只有不到两米宽的小街,两边是各样的杂物:青菜、烙饼、水果、鱼肉、各种干果,几乎什么都有。不时,有什么从案子底下钻出来,却是肥胖的猫,从人的腿边蹭过去,有点腻人。

买东西的多是这街里住着的寻常女人,穿着简单,头发蓬松的,有些干脆就穿着拖鞋出来了。极喜欢这样的气息,甚至忽而乱想,一个买了各样吃的、酿皮子、萝卜、大饼和卤肉、一瓶酒的女人是自己的女人。我就住在这样杂乱、嘈杂的小街。楼上，几样吃的摆好，靠窗坐下，倒上两杯小酒，跟那个女人边说边喝，一边探头向小街看看。

吃完喝完，沏一杯茶看书，就着不时传上来的嘈杂声看书，另是一种滋味。

今早，路边杂乱。一个卖茶叶的，显然是骗子。身边围着几个人，似乎要买茶叶，却总是说说说，手里拿着茶叶，总也不离去。

却是喜欢那个拉着板车卖面包的人。面包是自己家烤的，一个个硕大，不按个，要一个个称了才能算钱。想起小时候，家里认识一个铁路餐车的厨子，到列车返回来，自己提着一个大提包，去车站买余下的面包，一个面包一角钱。

现在，一切都渐渐洋气起来了。

下雨了

今早下雨，小雨，可以步行打伞，悠闲走走的雨。

雨中走了近五十分钟，鞋湿了，裤腿湿了，但毕竟是夏天，微凉而已。

忽然想起古人走这样的路，满地泥泞，即便是打着伞，也难免趔趔趄趄。四五十分钟下来，换做古人，是近乎半个时辰了，山路上更是难免滑倒，一身泥水。

现代的干净舒适，想想，却是有点无聊。

那古人走下来，到家，或是友人家。热水洗沐了，换了干爽衣衫。若在友人家，是换了友人合身或不合身的衣衫的。妻女或是友人的妻女，洗净了那身衣衫，烤在支了火盆的藤笼上。衣衫上的湿气冒着，有棉布的味儿，也有雨水的味儿。渐渐干了的时候，衣衫发出微微的近似糊了的味道。

这时候若换上这烤干了的衣衫，满身的干干的暖，热烘烘的，着实舒服。

茶已经沏好了。这边喝着茶，饭已经做上了。

靠在窗边，看着还在下着的雨，说些闲话。若是有酒，有合意下酒的盐豆、干肉，煮上几碗热热的黄酒，那就更好了。

好到什么也不想说，只是慢慢喝；慢慢看着雨什么时候才能停了。

饭好了，有人叫：上桌！忽地一下，醒了一样。

画

一画家来。一行人晚饭后，主人铺案，备笔墨，画家画画。

外面，下雨了。

画家先为一人画墨梅。常在画家宅见其所画墨梅册页，颇精妙。此一幅，亦是。浓淡的墨横扫转折，是为枝干，细枝横斜，疏密梅花，之后淡淡赭石点梅芯。满纸清气。

继而画印度兰，花瓣外淡红内深红，端庄可敬。

继而画孤鹤，鹤缩颈独立，一片茫茫，似乎下雨了。

再画双鱼图。

再画四山水小品，得山水神韵。

画家为我画一蒲棒立轴，点缀二鹅。

画毕。我见一染墨废纸，言墨渍有相。画家挥墨点染，有风中雨，雨中树，石坡溪水，卵石参差，溪上小桥。小桥上，一行抵风雨而行的鹅。

风雨不奇，树石不奇，溪桥亦不奇，奇在忽发奇想的鹅。鹅好乖，鹅好勇敢无畏。

我来时遇雨，回时亦是雨。

可惜，我不是鹅，也没有风雨中的溪水、小桥。

卷二
萧瑟与安详之美

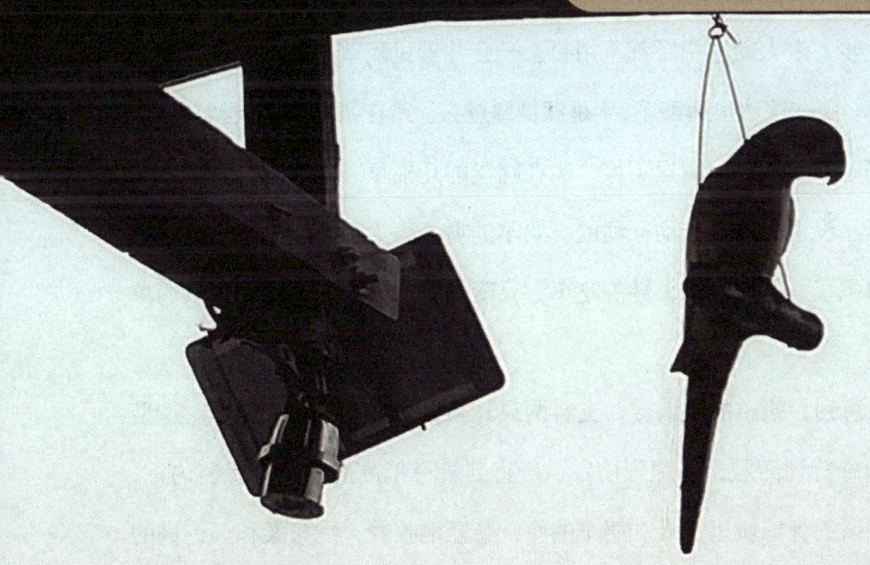

风情的村庄

奶羊

没事，又暖和，学着村里人样子蹲在门口。看什么，不知道，有什么看什么。阴历四月，刚有点暖意思，晒着太阳，真舒服。蹲着的门口，离门前的小路稍稍远着几步，来人就连招呼都不用打。一会儿看见隔壁一家门口拴在旧石像腿上的奶羊。腿在这边也蹲酸了，于是揉揉腿过去。蹲在奶羊身边，看它嚼草，学它嚼草。奶羊开始躲，可嘴里不停，噙在嘴里的几根草一动一动，一会儿草就短了，没了。没了，嘴还一动一动的。奶羊的嘴，因为咀嚼青草，稍稍有些嫩绿。一会熟悉了，就不再躲，静静吃草，只嘴一动一动，似乎在想极其简单的什么事。

近了才注意到，奶羊的头消瘦，支着两只耳朵，几乎是等边三角形。造型极谐调。再由脊背到四肢，小腿到前蹄，一直到脚弓稍高的羊蹄，骨骼匀称，清晰，犹如所谓的骨感城里女人。奶羊的腹，半紧地收着，线条柔和。饱满的乳呈浅浅粉色，乳头嫩红，好看得像是胭脂染的一样。奶羊吃一会，似乎满意了，忽然走近，凝神看我。距离太近，竟看到奶羊也有睫毛，让人惊讶。睫毛白色，弯弯的，极长，睫毛围着的眼睛，浅蓝色，如波光凌凌湖水，让人心颤，想起异域的少女。走远了，回头，那奶羊还在看我。跟它摆摆手，才又去低头吃草。

前腿

总也没注意过家畜的前腿。羊,猪,马,牛,仔细看,前腿关节只能向后,也就是说可以跪下的。狗是一个例外,前腿关节可以往前卧下。这也难怪,狼是它的先祖。再想就有些不妙,人的腿关节也是不能向前的,也就是说,人天生是可以跪下的。

再想,食肉动物,狮子,老虎,豹子,关节都是可以向后的,也就是说,前腿可以向前伸出更远,扑得更远。

梧桐

梧桐容易惹人怀古,尤其又是在渭水之畔。西风吹渭水,落叶满长安啊!空阔院子里,吃罢了饭,捧一杯茶静静坐在自制的杨木椅子上。正静间,有什么嗒一声,落地。

黄昏,院子里没点灯,只借着屋里一点亮,看不大清,只静静听,耳朵透明了似的,嗒,又一下。抿一口茶,热的,一直到茶渐渐凉了,只是听,真的好听,嗒,又是一下。渐渐又有不同的声音,稍稍闷一些。

天亮了,再看,嗒的是果实一样的花萼,不嗒的是半蔫的桐花,落了半地。

昨晚那把杨木椅子,落的好古典。

杨树

杨树,说是合作社时期种下的,有近百棵。五十年过去,杨树高大到十几丈。杨树边上一溜地,任谁也不要,杨树遮得阴阴地,寸草不生。大树的根,十几丈的杨树,根该有多大的一片。庄稼的根,才有多大气力。

人站得近,夜里仰头望,满天都是树,死死压着,人就不敢在树下待着,赶紧逃,远了,才深深出一口气,活过来一样。

苍蝇

苍蝇极大,不知是否那种饭苍蝇。苍蝇猛然撞在窗子上,会咚的一下。苍蝇该是撞得极疼,可似乎没事,又飞,撞在另一块玻璃上。苍蝇大,叫人恶心,坐在土炕上的我就躲,生怕撞在手上脸上。偶然撞上,手就腻味地在裤子上使劲蹭。一时有水,赶紧去洗,却总觉得洗不干净,浑身的腻。

炕上有老女人,一边说着我永远也不明白的陈年旧事,一边有些委屈地擦一下眼泪。见苍蝇多,用枯干的手背去玻璃上堵着摁,一会就摁死五六只。老人从窗台随手拾起,扔在屋地上。

苍蝇果真大,落地哒的一声,在炕上竟能听见。

酸杏

杏看起来不小,可还是绿的,酸,酸倒牙。摘一个,尝尝,只是尝尝,不能真吃。可那后味真好,没有发散开的,甜的杏不能有这般味道。那酸,要细心品。在味觉里一点一点变,会变得醇厚。

走的时候,想带上一些,几个人摸黑去杏林里,黑,看不见,只是在树上乱摸,擦拉擦拉,回来灯下一数,八十几个。回去分八十几个人,让他们品品杏子本来的味道。

墙、顶棚和炕

几乎任何东西都可以上墙,簸箩,车胎,小凳子,甚至鞋,就扣在一根钉子上。 鞋底还沾着一些泥,大约才穿了几天,还不脏,又因为什么事,换了鞋,顺手就挂在了墙上。人也并不觉得什么,客人来了,依旧在墙上,并不尴尬,有泥的鞋底就那么朝外。自然,太脏的鞋不上墙的,似乎男人的鞋也不挂在墙上,只是一些女人的鞋,瘦小、秀气一些的,鞋帮子红红绿绿,有几分好看。顶棚一样,厢房里用竹竿棚起的顶棚都不太高,站在炕上容易够到。扇子,苍蝇拍,一把毛衣签子,还有一些杂碎的东西就别在竹竿上。要用,伸手就取,并没有什么不方便。炕,亦是这样。人睡在炕上,坐在炕上,尤其是来了女人,脱鞋上炕,天冷会拉一床被子,面对面坐着捂在腿上,和睡一个被窝的家人一样。炕上置一小桌,吃饭、喝茶、打牌、算账,以至于剪鞋样子,孩子写作业,都在炕上。

想起十几年前在岷县中寨,脱鞋坐在炕上,靠着一摞被子,与肇平、一家厚姓农民,就着油灯喝茶说闲话的情景,十分怀念。

相片

相片一律装镜框,挂在容易看到的地方,家族大、亲戚多且并不困窘的,往往会挂好几个镜框。家里人的相片是绝不遗漏的,再就是亲戚,沾亲带故的人。偶然在某一家,根本想不到这家会和你有什么关系,但那家挂在墙上的相框里,赫然有你的相片,当然是和村里某个人照的,而那个人将好和这家是亲戚。不光是相片,不仅知道你的名字,连老家在哪里都记得。

家里来人,看相片是一件事情,这是谁谁,现在哪里,这是谁谁,在干啥,这是谁谁,日子过得凄惶,这是谁谁,死了。

嗑门

晚上睡在一家,听一只大老鼠,只是声音,看不见,一直在嗑门,声音极大,似乎要把门嗑穿了。不敢下地,老鼠太大,不敢下地,白天就见过一只死了的,有小半只猫那么大,急了会咬人。只是实在忍不住时,用手电照一下。可总也不见。早上见门下边,有半个洞,一地的白木头渣子。

主人说,老鼠是要出去哩。你就赖着不起来给人家开个门。想想,真是对不起主人,也对不起那只大老鼠。

小老鼠

孩子用大罐头瓶盛着一只小老鼠,也许是女儿,小得让人心疼,叫人想起了"老鼠嫁女"。小老鼠软软的,轻飘飘的,灰色的嫩毛棉花绒一样,似乎人一口气就能吹没了。小老鼠会用前边的爪子忙活着擦嘴,小嘴粉嫩嫩的,擦了淡淡的口红一样,小爪子也嫩嫩的,粉粉的,婴儿的小手脚一样。我急忙喊,看憋死了,盖子上赶紧扎几个眼。可孩子早弄好了。孩子可不想叫小老鼠就死了。有人说,用开水烫烫,看什么样?

不,那孩子说。急忙就端了走。

大了可是祸害,大人说。

可它现在还小着呢。孩子早端跑了。

瓮里的粮食

主人发现时,一瓮粮食成了半瓮。问谁,都不知道。舀那半瓮粮食时,才发现一只干死的老鼠。

这才想到,是老鼠偷的。先是满的,粮食一点点少,瓮沿就高了,可老鼠还能跳上跳下。渐渐下去,瓮沿更高,老鼠依旧跳上跳下。快几个月了,老鼠感觉有些吃力,可还是跳上跳下,不过笨一些。一天,老鼠感觉真是有些跳不动了,瓮沿上犹豫半天,还是跳了下去。往上跳时,却跳不上去了。

药方

善良老农笔记本上,有一个老鼠药方子:

麦子、玉米、芝麻各一份,研碎,和一份水泥,包小纸包,扎小孔,置老鼠过处。

如何药老鼠,方子里没有说,可水泥在老鼠胃里遇水自然会凝固。凝固以后怎样呢?可以想象。死的那只老鼠该是极其痛苦。

这叫我想起一件事。那是另一种药方。一只鸟放出去,也不会飞走。为什么？鸟的嘴上套了一个东西。鸟渴了，饿了，只能回来。

织布女人

织布，先拉经线，一头在织机上，用特制的草把梳，经线九百六十根，根根都要梳理清楚，有断了的，手指不知怎么一捻就好了。梳一段，机子上卷一段。

说太麻烦了，织布的女人却忽然说，要不然怎么说是伟大的母亲呢。让人一愣。织布的女人大约见我是城里人，故意那么说。但她一定知道天下母亲的伟大，那自足的语气里，当然知道有她一份。碎娃，吃哩喝哩，才能长那么大，女人又说。我说，男人干不了这活。女人说，男人有男人的活么。女人和人说话，也不断了干活，脸不看你，就那么说。边上还有一个年轻一些的女子，两人一会又小声说话，声音低低柔柔的，极好听，也并不是什么秘密，只不过是女人家的话。

织机每九百六十根乘上九百六十根，才织布一尺八寸。想想古代某个女子因情所恨，要操起剪刀，剪断那匹布，该是多么的决绝。

快中午了，两人还忙着，看不出休息的样子。问，还早着呢。

一会，有不知那家时髦姑娘进来，三个人说话，织布女人依旧安安静静，似乎时代的变化，不过那么回事。

空宅

宅子太大，尤其夜晚，那么大一幢黑。慢慢走近，听宅子里似乎有声音，擦拉擦拉，枯干的树叶碎了。门就在跟前，可不敢近，生怕忽然撞见一只寂寞而古怪的眼睛。

可这若大空宅，实在是寂寞的，于是走不远，还是扔一小块石头，门"空"地响了一下。寂寞的夜晚，一点响声，也是温暖的。

花椒树

路过一棵树，有人说，花椒。顺手摘一片叶子噙在嘴里，说还不太麻。我也摘一片，嘴唇嗡的一下，麻。花椒麻也就罢了，叶子怎么也是麻的？

这一想，就觉得花椒的枝条是麻的，树皮是麻的，花椒木也该是麻的，树的根须挨着的泥土也会是麻的。

地上，蚂蚁果真绕着花椒树走。

土碗

一家窗台上随意摞着几只素陶碗。里外一看，竟然没有上釉，只是以素坯直接烧成。碗极浅，盛东西也该是少一些，孩子和女人用将好，瘦弱的文人用，也将好。盛酒，三个手指可以拈住。没有一点添加的素陶碗，正适合酒的本来味道。

想要一只，没有张口。

这样的碗，已经没人烧制了。

石雕

村子里随处可见过去的石雕。大气浑然的石羊，石像，略略有些风化，是

汉代的风格。多数人家有门墩立在门口,细看各不相同。也有散落的,朝上的一面铮亮玻璃一样,人坐着歇凉,喝茶,说闲话。还见过一个四尺多高的雕刻精美的拴马桩,立在一户人家门口。

都是老辈上留下的,这里人说。

宁静的傍晚,一个人到处走走,看着那些样式古老的院子,散落着的石雕,偶尔默不作声走过的人,觉得时间缓慢,似乎古代和现在不过是从这个村子,这一头到那一头。

旱不过二十五

大旱之年。去的这几天,这一片正没雨,人黑里白日忙着弄水浇地,问起这事,村里老人说,旱不过二十五。

晚上躺着,一个人静静想,不知这个算法怎么得来的。那老人说旱不过二十五时,一脸表情怪怪的。细想,那该是恐惧,不过是隐隐的,老辈子的事情不会就那么过去。旱不过二十五,那后面该是有一个"呀"的,不光是人,就是草木的庄稼也坚持不过。

想起某一篇写大旱的小说,才知道写得真好。

饭

这里的饺子是蒸饺,烫面,稍稍比别处饺子大一些,馅是韭菜、粉条,舍得放清油，一口下去，油顺着嘴角淌。

馍在这里有几分好吃，新面，最迟也是头一年的面。有讲究的，在馍上弄一点油和的面，点心一样点缀着，蒸出来黄黄的，煞是好看。

奇怪的是几天下来竟然没有人擀面，本想好好吃一顿辣子油汪汪的长面。大都是馍，豆饭，掺了红豆子煮的稀饭，惹人要多吃一碗。

最好吃的是一样腌辣子，可不比在街上卖的那一种，死咸，这里是自己腌，才腌了不久，下饭极好，夹在热馍馍里尤其好吃，几乎就不想吃别的菜。

韭菜盒子也吃过一回，半夜了，有人还在打麻将，一家亲戚忽然热热地送来十几个，似乎来了客人，谁都可以做一些吃食送来。

苞谷馇子是在另一天晚上，都迟了，有人来磨面，苞谷馇子。看着苞谷一遍遍去了皮，细细的，极黄，惹得人嘴馋，就随口一句，煮点馇子吃吧。这有啥难的，磨面的粉侠给人弄完，人家说，挖一碗去，这有啥。拦也拦不住了。燃一片旧纸，苞谷秆子就朝里续，风箱也拉上，我试着拉几下，扑塌扑塌的声音真好。小半锅水一会开了，一点一点把苞谷馇子撒下去，碗那么大一把勺子在锅里搅搅。奇怪的是在城里容易粘锅的苞谷馇子，在这里却怎么也不会粘锅，且熟得快。一会儿一大碗上来，舍不得就菜，就吃那本来味道，真是好，勉强吃完，锅里还有许多。说留着吧，明天再吃。明天再吃，明天吃了咱再煮。这些呢？喂猪。主人说完就笑。

遗憾的是待了几天，没有见过石头馍是怎样打的，只是听说面里要和上清油、鸡蛋，调料有花椒、茴香，少许的盐。将石头放入锅里，烧热，铲出一些，略略弄平，擀的面饼放在上面，再将铲出的热石头盖在面饼上面。上面的石头凉了，将下面的热石头再翻上来。这种石头馍几乎没有水分，十天半月都不会坏，带着可以走遍天下，只要有一口水。

行旅书
The Book of Travels

家

  这是一大家子,十几口人一起吃饭。到做饭时候,挤在灶房里的几个女人叽叽嘎嘎说话声就大了。一会儿听见舀水声,葫芦瓢刮瓮里声,面盆声,当当当的案上的刀声。风箱也响起来,扑塌扑塌的,叫人想那火苗一忽儿一忽儿地蹿起。湿湿的木头抬起来放上去的笨响，是一大笼馍架在了锅上。干活声小了时，说话声又大了，夹着兴奋热闹的尖叫。才静了一会，有谁说了句什么，叫声又起来，也有人笑个不止。

一会儿，饭好了，女人们在灶房里喊。其实她们也并不要屋里的男人干些什么，只不过就想那么喊一声。喊给谁，私下里是喊给自己的男人。一会儿三四个女人进来，七八碟菜，一大簸箩热腾腾的馍，接着是筷子，呼呼啦啦摆了一圈。

女人也有吃的，也有不吃的，坐在一边，叽叽喳喳地说话。男人们也不说什么，只管吃，只偶尔有谁说一句玩笑话，惹得挨女人心疼一筷子。

美人

隔壁一家，第二天娶媳妇，凑热闹去看。一个四十几岁的女人忽然从门里出来，不知怎么就想起这个词。

女人眼有些凹，额头略略高些，身材瘦削，城里所谓骨感的那种。行走起来，因为瘦的缘故，裤子就有些宽，能感觉到女人的胯和一双腿荡来荡去，只是腿脚感觉略略有些老了。

这样美的女人，在城里大约会有优雅舒适的生活，要到五六十岁，才显得不大年轻，可脸上的魅力是不容易减的。

想想这，叫人觉得，命是真的。

月季花

这里月季高大到五六尺，花也颇大。摘一朵插在瓶里，生愣愣的，有些木然。惹人要在几个时辰以后，花瓣稍蔫，色泽奇怪地忽然柔和，一下有了表情，似乎真有什么事情发生，让那花朵一下子由傻丫头变成了情窦初开的少女，人还来不及看，又变成感伤的少妇，懂了太多的人世。

许多人并不懂得，花欲落的时候才是最好看的。花的骨朵和初绽，不过是粮食还没有发酵成酒。看着几片残瓣，欲落未落的，悠悠乎乎，只待一丝风，凉凉吹过。已然落了的，围满了花瓶一圈，衬着花瓶里几朵残花，凄凉而美。这时若有一管箫，呜呜咽咽吹着，一杯淡酒，月在竹廉外照着，天下的滋味也不过如此。

瓮

瓮，本是盛水、酒的陶制器皿，小口。可这里称作瓮的陶器，竟然是缸，大到口阔三尺、深四五尺，大人可以洗澡。瓮做什么，盛粮食，玉米、麦（这里人只叫麦，不叫麦子）。

这家的瓮也都旧了些，灰尘布满，在光线有些暗的屋子里叫人想过去的事。邻居说，这家从前闹鬼，有胆大者，藏这瓮里，毕竟怕鬼，又叫人压上厚厚的石板。风在门外起了，落叶沙沙响，鬼来了。鬼进屋（也有脚步声），吸吸鼻子有人味道，就在石板上用尖利的爪子哧啦哧啦挠。人死命不动，鬼才走了。外面的人进来，吃惊地看着石板上尽是白茬茬的石头渣子，吹尽了看，有两三分深。几个人掀开石板，里面的人气都快没有了，只心口还热，半天才忽忽悠悠，一丝一丝有了气。

过大的东西，叫人看起来就觉得怪。尤其这一排瓮，七八个堆了一面墙，挤得墙都薄了，屋子都有些晃晃悠悠。

鸡

后院有鸡舍，浓烈的鸡粪臭味不断袭来，让人捂着鼻子也没法进去。可还得进，厕所在后边。见人进来，靠这边鸡笼里几只鸡叫起来，很快整个鸡舍的几百只鸡都躁动着叫，耳朵就嗡地一下。走近些，一只只母鸡都是秃颈袒胸，露出的红肉叫人恐骇，翅膀尤其吓人，表面的羽毛稀少，粗大结实的翅羽，一根根如同透明塑料管。原先以为淘汰后的那些卖肉的蛋鸡，羽毛脱落到那样是因为残酷的运输，看来早就是这样了。几百只鸡见人进来，不断叫着，如同囚徒的悲惨呼号。忍着鸡粪的极其腥烈的臭味，从鸡舍中间的通道走过，发现鸡舍的构造几乎相当于专门惩罚特殊犯人的囚牢。一溜鸡笼，每几只鸡隔开，狭窄的仅容鸡站卧。鸡头前面，上下两个槽子，一个送水，一个供食。鸡站卧的一层是斜面，下了蛋，顺着滚出来，就在前面凹槽里。这样狭窄的设计，鸡在里面几乎就不可能活动，据说这样不仅可以节省材料，也可以让鸡少活动，减少无谓的消耗。

离开后院，想的是记忆里那种农家院子，母鸡咯咯叫着低头寻觅着什么，绒毛一样的小鸡雏一步不离地跟着，老公鸡骄傲得像一个甲胄卫士，在一边雄赳赳地踱步，一地阳光灿烂。

粉侠

天刚黑，正坐在这家喝茶说话，有脚步声急匆匆进来，知道这家有一个泼辣能吃苦的媳妇，才抬头看，那女子一头汗大喘着气在屋里了。这边一个人招呼她坐下，她说累了累了，却不坐，要蹲下却没蹲住，笑着重重歪在地上。也不起来，笑着说就这，惯了。说地上凉，看凉出了毛病，也不管。一身旧了的军绿衣裳，解放鞋，满是灰土的粉侠，头上扎着两朵花，说话间叫人觉出竟然是那样乐观。粉侠是一早上就下了地的，揣几个馍，拉了架子车就走，一直到天黑看不见才回来。饿了就那几个馍，渠里有水。粉侠回家还得自己弄吃的，有时不想动，喝一瓢缸里的凉水，依旧是馍馍。

粉侠前些年惹下些病，治疗后，才稍稍好些。干活是不必说的，可闲下来就有些粉侠的笑话，不过并不是挖苦粉侠的意思，大家说着笑笑。一个是粉老是想当村里的妇联,大约就是妇女主任。粉侠找到村书记说,我都憋屈死了,我本事可大了,要是叫我当妇联,我把它啥都能给抡圆了。再一个是衣裳架子。粉侠老是说,看我这身材,就是衣裳架子,穿啥啥好看。人们都掩了嘴偷笑。粉侠也笑,她认为她真的是衣裳架子。还有一个是在大棚里干活,里面温度高,男人会在受不住时脱个精光。粉侠也会脱,自然是只脱了衣裳裤子,裤衩还是要穿着。说的人笑,粉侠也笑,似乎并不是什么丑事。

说起在外面当兵的儿子,粉侠那么满足,来信了,说不叫我吃剩饭,拣好的吃。粉侠再一次笑了。房子咱也先不盖,等儿子回来再盖,谁知道人家回不回来,你说是不是,粉侠对我说。

有同去的女子见粉侠脑后扎着一大把头发,天热,就拉她在一边梳头。粉侠也不推辞,静静坐着,小姑娘一样,那一会的神情似乎是母亲在背后给她梳头似的。也许,她好久都没有感到母亲的温暖了。我有些担心,她该不会忽然落下泪来。那大红、粉红的两朵塑料花实在不大好看,可粉侠不让去,只好留下一朵。没有问过粉侠,可总觉得似乎她的母亲是不在了。

梳好头,粉侠用手摸摸,说,等着,我给咱去弄韭菜盒子。晚上几个人在另一家时,咚咚,有人敲门,粉侠来了,用一个树枝编的簸箩,托着十几个油汪汪的韭菜盒子。在一块坐着的书记说,全村就咱粉侠的馍烙得好,看这颜色。

临走,为了答谢,在村外路边一家饭馆订了一桌席。叫着吃饭时,粉侠正给人磨面,一头的白。同行的人说,要不粉侠就算了。我说不行,今天谁不吃都行,粉侠得吃上这顿席。

2000 年

七月的屯字

> 屯字,位于甘肃镇原,风景如画,民风淳朴。
>
> ——作者日记

1

正是麦收时候,窄窄的路上,是拉着一捆捆麦子的架子车,太多的麦捆垛在车上看起来犹如一所缓缓移动的茅屋,而那个拉车的人给垂下的凌乱的麦秆和麦穗深深遮住。我不知道那些人是如何将麦捆垛到如此高的程度,很久以前我偶然在乡下时,也曾尝试将一些麦捆垛起来,但只是在某个高度,麦捆就别扭地拧着身子滑落下来,似乎它们真的是急着要回家了。尤其是一次我真的将它们垛了好高,天色暗了下来,我迟疑地斜着身子慢慢走,就在我试图要加快步子的时候,我去的那家人在远远地喊我吃饭,那个麦垛再次倒下了。

七八只捆着的小猪,知道是要去卖的。奇怪这里人把小猪的前腿和头嘴捆在一起。这样捆法有些残酷,但似乎因为捆的是小猪,只是叫人忍不住要笑。尤其小猪想要用力拱一下时,后腿用力,而这一用力的结果就是头嘴攥在地上,弄的尽是泥土。

不知道这样捆法是谁发明的,但这样无疑便于提着走。想买了小猪的人,一只手提着小猪招摇过市,似乎手里是提着一块捆着的会动的肉。

已经有人在等我们，同行者昌贤，曾经在这里生活过好些年，而他的母亲和哥哥、姐姐依旧在这里生活。那个场景是感人的，似乎是一块田地在等待着曾经离开了它的，在它的一棵树上生长过的果实或是一片树叶，全家人都在，甚至是步履蹒跚老人也随着汽车来临的声音从院子里身着一套黑色的衣裳庄重地走出来。

老人似乎是另一个时代，但又能够同时存在于我们的一侧。

外边两所房子之间不断传递着什么，脚步声异常匆忙，那是一些女人的声音，这里依旧是这样习俗，谁家有客人时，村里要好的女人都会来帮忙，也有些是因为做饭的手艺而被特别邀请。我在另一处地方曾经吃过，据说是她们那个村子里面条擀得最好的女人做的一顿臊子面。

屯字的盛宴就要开始，而那个浪子，在另一间屋子里，和他的亲人在一起说着什么，那些话并不是外人所能懂的，那是他们的时间，另一种空间里的时间。

2

黄昏时，四处游走，人们都知道我是某一家的客人，欢迎我进任何一家喝一杯茶。

我终于在一家停下,叫我吃惊的是一个屯。屯在主人屋里,柳条编成,用掺了麦壳的泥细细抹了。太大,不知道是用来做什么的。猜测依旧是盛粮食的,但似乎觉得不会,问正在另一间屋里忙活的女人,她不好意思地说,盛粮食。

粮食?我又过去看,拍一下,稳得很。边上有矮凳,拾起来踏上去,探头看里边,真大!几乎有就要掉下去的感觉。里边只剩下一个底子了,心想,这一点粮食怎么办,要吃,一个人还得下去,再爬上来。再过另一间屋,问那女人,能盛多少粮食。女人说,七石小麦。边上一个人说,一石四百斤,要二千八百斤。麦子好取,下面有一个口,活的。

我的记忆里,很少有屯置在主人屋里的,尤其这样大屯,从屋门根本就没有办法进去,只能是可着地方编,不烂,就永世在这屋里了。

这一间的炕还是火炕,是早些年的屋子。夏里收了粮食,打净晒干,心里满足,两口子等不到黑就上了热乎乎的炕。睡在那么多的粮食边上,叫人干什么事心里都踏实。

这里人说话,声音是向上翘着的,有些飘,但依然实在,亲热,不大像甘肃其他地方,声音发沉。从地貌上讲,大约是在塬上,地势开阔,无所遮拦,声音就无须抑制。但声音不高,恰到好处,不像广东顺德一带人那样,吵,就像吵架。

年初在岷县,见这样东西,说是浆盆。这里叫瓮。奇怪的是两地离着几百里,大的形制不说,小处如系绳子的耳,口上的花纹,竟然接近。

还有更远的,在有些地方,几千里远,所产的东西一样。这不是古人的灵相通,而实在是用的要求。人的力决定一件器皿的大小,地上通有的东西决定了材质,人的生活习性又决定了器皿的相近。这当然只是朴素的年代,奢侈开始,这些就变了。有些考古学家会觉得某些器皿的相近,似乎是一种流通、传承,其实不然,决定的因素是人,人的本质是一样的:你抓起一只杯子,你得觉得

顺手；喝水，你不可能用一种你自己都觉得别扭的姿势。

菜疙瘩是这里一种饭食，兼有饭和菜。所有小吃都是女人们的伟大发明，并不比某种男人的发明逊色，甚至是所谓思想。女人们得在那些饥馑的年代尽一切可能弄出吃的来，喂饱她们的男人和孩子。哪个人敢说不够伟大。

热炒或凉拌了的笋子，叶子因为苦，惯常是不用的。但饥馑的年代绝不会丢弃。南方的一道菜臭冬瓜、北方的臭豆腐大约都是这样来的。人的趋利避害是没有办法的，无非是在演变的过程中，人们发现、并慢慢忍受到习惯了那种独特的滋味。我一直以为最早习惯的人大约是有着自虐心态的，第一个吃螃蟹的人亦然。笋子叶的苦，但女人们是有办法的，这也犹如我小时候母亲做的玉米面饼，外面是包了一层白面的。这边的女人把笋叶切碎，撒些碱揉一下，捏去了水，再拌上面蒸。吃的时候用盐、醋和辣子调了，很有些爽口滋味。后来我知道用了碱，笋叶蒸出来碧绿，这已经是美学了。

我习惯到哪里都去厨房里看看，干干净净的女人，案板，新鲜的洗净了的菜，真是有一种朴素的美。那样的菜端在矮矮的桌子上，叫人觉得，活着真好。

　　城市的饭食已然是令人恶心了，尤其那些愈来愈高级的酒店。我不幸去过一家，仅那张桌子就有近三米，十六个人坐起来宽宽敞敞。那天，我对面那个色迷迷的男人围着一块簇新的橘红色餐布，一分钟就将一只盛在金色高脚盘里的童子甲鱼吞了下去，据说仅那只甲鱼就值百十块钱。那样的厨房我是不去的，那样的厨房养育不出灵魂健康的人。

3

　　这边的麦子还得几天才收。麦子生时，青涩涩的，麦穗整齐、矜持，麦芒也看着涩，可熟了就都变了，麦穗不似青的时候那么收敛，蓬松，乍着，不顺。麦秆也不像青着时一律的直，有些偏执，各自的意味。大的变化是会成片倾斜、倒伏。奇异的是那种倾斜、倒伏，是旋着的，似乎真的有风沉重地打印在上面。也有成片倒伏了的，中间立着几茎麦子，孤零零的，似乎寂寞的歌手，叫人想到约略相近的人世。麦子就在这样的时光里，转黄，立着，摇着，在干燥的风里成熟，逼近最后的生死。

　　也正是蝴蝶纷飞的季节，大约就是繁殖的季节吧。蝴蝶看着是美的，轻盈的，是另一种风。但在手里是不美的，尤其是它的身子，有些肥腻，和肥腻的白粉。似乎唐朝那些闲极无聊的丰腴的粉面公主，骑着白马的踏青。蝴蝶的美也只是飞，尤其是在微风里的飞，始终不是直线，过去过来，一下一下地，有些调弄意味。

　　田埂上慢慢走，偶然听见不远处有女人说话，声音翘着，有些飘，但朴实，叫人想起村子里的炊烟，那炊烟下面的灶，女人们手上的饭食早就亲亲热热地熟了。

这里收麦，干活的人戴一顶草帽。草帽极为别致的，里面多出来一圈，戴在头上，腰弯得多低帽子也不会掉下来。远远看有些像江南的打鱼人。我在甘肃别处从没有见过，它的来历，一定有故事。

屯字还保留了许多地坑院，大多已经废弃了，阔大的方坑，深七八米，十米略宽，二十几米长。挖这样地坑院不容易，一院成了，几辈子人过去了。地坑院不能一次挖成，挖一截，要等着干透了，再挖。地坑挖好，窑也是一样，挖几尺，干透了再挖。两口子有一孔窑住，一孔小一些的窑搁置杂务粮食，就够了。待添了孩子，尤其男孩，就再开一孔。待开到四五孔窑，三辈子人，几十年都过去了，老人就死在了窑里。记得谁说过，那块土地如果没有埋着你的亲人，就不是你的家乡。老人死在了窑里，那窑才是自己的窑，一家人在这里有生有死，这样的窑才真正扎下了命根。

这样深的地坑院，人的进出，是从十几米外的地上斜着向地坑院打的一个洞。想下去看看，沿低矮的洞往下走，洞已经裂了，阴湿，走不到一半，心里就害怕，不是害怕会塌下来，而是觉得那些裂隙里会忽然有一只眼睛。疾疾向外走，脊背上一阵寒气。

炕的造法是第一次知道。用土坯砌成炕的一圈，里面填土，夯实，留七八寸深，和了麻刀泥，再将这七八寸填上，抹平。几天以后，泥快干了，用木头制成的墩子捶压，将这厚厚的泥锤压成一层结实的壳。一个月后，捶成炕面的泥彻底干了，从炕的下面抽出几块土坯，从这个洞慢慢将里面的干土一点一点掏净，再填入柴火烧。成了的时候，炕面大抵和粗陶差不多硬了。这样制法是奇特的，甚至是有些叫人难以置信。这一定是古人的思维，那个古老的时候有一些出人意料的智慧，许多已经成了一种谜。

站在地坑院上面，太阳真好，暖暖的，觉得从前住在这里的人是幸福的，和土那么近，而就是这样的土里生了麦子、菜蔬、果子，人一生在土里活着，悲哀着，也欢喜着，睡着醒着，死了，又回到这土里。想到城里，水泥冷冰冰的，哪里会有这样的土，干净着暖着慈悲着人不容易的一世。

屯字也出烟叶，肥阔的叶子极柔，摸一下，如茸茸的丝绸，这样质感，叫人想往下该是忽然的薄薄的凉，是女人的细腻皮肤。

这样叶子，要在烤烟房里烤了才能成烟叶。烤烟房不大，但是高，三层架子，叶子扎好挂在上面，一炉约二百斤，得用煤慢慢烤七天。烤好的烟叶，黄澄澄的，有隐隐香气。这样叶子，慢慢转黄，似乎也如女子某一阶段，厚了，柔韧，有一些内里的东西，已经不大容易摸透，气味却可以叫人很久的咂摸了。但似乎又有些更虚的什么飘着，离着，很近的时候，又似乎很远。

4

屯字有三个湖，这里叫池，太阳池翟池白马池。水极清。据说有三十多米深。年年几乎都会死人。有溺水的，也有自尽的，有一个寡妇带着两个孩子。也有赌博赢了大钱，被人害了。

这里的鱼，长年没有人钓的缘故，鱼傻，甚至可以用酸酸的杏子做钓饵。

这里人说,最大的鱼有一抹长。一抹就是一个人两只手臂伸开。

池边果然有人钓鱼,但嫌我们惊了他的鱼。可恶。懒得与他计较。从衣着看,这人是受了城里人教育的。

心里恶气,但很快听见湖里蛙声,声如脆响的竹板,呱啦啦,呱啦啦,声音也微微脆响,叫人不由得心里清静下来。何况坡上,斜生着一群树,不同的斜,松散,松懈,有那种柔柔的力量,与世无争,漫不经心的美。

坡上有朴实老农,随意说话,除了庄稼,竟有一百多棵苹果树。想冬天过去,苹果树发芽生叶开花结果,一个人在园子里溜达,看那些幸福的苹果慢慢长大,由绿而红了,满园氤氲香气。可也许太多了,对我来说,几棵就够,果子只是留着自己吃,多出来的酿酒。自己酿的苹果酒可以慢慢喝上一年。那么多的苹果酒堆在书架上,和那些乱七八糟的书挤在一起,那些苹果酒色泽金黄,琥珀一样,充溢着明媚和快乐。

苹果正是半大时候,不知为了什么,悄悄在一个苹果上掐道指甲印,弯弯的,似月,想,不知道这个苹果熟了以后,会给谁买了去。

苹果林一边有两丈多高古墓。传说是镇压农民起义死去的一个将军。这座墓依当地人的说法,是数万兵士踏着尘土,一人一捧土堆起来的。而这数万兵士,无疑是援军。战事紧张,没有时间安排墓葬,于是数万人携土,一一而至,土堆渐高。一场巨大的战争,几十万人的死亡,都竟然没有引起我多少感慨，但就是这样一个几乎是无足轻重的土堆，让我浮想联翩，帝王和英雄们早已成灰，只有这样一个细节，让我记住了那场过去了很多年的战争，而那场征战也许不过只是两个人之间私利的残酷与狡诈。

地边上，满是野花，迷人的是一种淡蓝小花，问人，都说不知道名字。五大三粗的一个人搓搓手说，就是个花么！说完，粗大的手紧着去拔，顺手在厚实的鞋底上磕磕泥土。日头太毒，那人脸上的汗左右漫漶着，在一边叫我时，手里的野花已经是一大把了。

野花的秆和叶有涩涩的感觉，似乎人出了汗，又凉了下来的皮肤。花和鸢尾花相似，因为小的缘故，那淡蓝给人随时会消失的感觉。花太小，让人怜惜，一大把也不敢用力攥。

这样的花禁不住离了水土，只几分钟就蔫了，花皱皱着，一脸的怨。扔了，手上还有一些什么气味，淡淡的，细闻，是微微的清苦。

桑葚熟了，紫红如血。桑葚要挑黑紫，最好是黑的才甜。桑葚太多了，没有人摘，就纷纷落了，人不小心一踩，一地骇人紫红，叫人都有些不敢走。

随我们走的一个女孩子说，桑葚可以染布。真的，手指上的紫，半天都弄不掉。桑葚染了布，是紫红，桑葚红，深浅相宜的透着紫红的暮霭一样暖，好看得叫人发呆。真想用这桑葚染一件衣裳，就挂在最繁华的大都市，只是挂着，任多少钱都不卖。

路上有野草气息，大可以制造香水。野草微微清苦的气息接近少女的体气，一种稍稍抑制着的淡香，似乎又不大像，还没有展开，成熟，还有些青涩。该有人制造这样的香水，执着地，有些病态。那人得远离这世界，只亲近某几种神秘的青草。制造出这样的香水时，那个人已经不能回到城市，他的神经里面充满了野草的神秘气息，城市会叫他窒息。记得有一篇小说有类似故事，写得凄凉而美，甚至是更特别、病态了一些。那香水提炼自少女的气息，一直到她衰竭，那个过程中，少女有一种奇特的快感。那样的香水已经参透了人生。

离开树林，是人和牲畜干硬的蹄子踩出的羊肠小路。黑圆的羊粪蛋随处可见，缘于小路的干硬，羊粪蛋一个个都是固执得不得了的样子。但更刺眼的似乎是羊的蹄子干蹭的痕迹，混乱，似乎发生了什么事。

这里也是蝎子出没的地方。猛然间一只蝎子横在小路上，在这没有一根草的赤裸之地，蝎子弯在背上的由黄转黑的毒刺格外结实。蝎子纹丝不动地横在那里，似乎就是一根巨大的有毒刺的植物。那么小的蝎子，为什么有那样可怕的力量。我有些仓皇地从一边仄着过去后才想，那是一种几乎就不运用智力的方式，在于直觉。比起蝎子的毒刺，人类的精确和技术不过是虚弱的废纸。

而就在这样土路一边，坡下，有成片的茎秆极细的草，稍稍远出，看不清草茎，只是草的穗子在微微晃，那草穗子也极稀疏，一个个穗子似乎就在空气里悬浮着，比空气重不了多少。淡淡一摇，像是微风里的幻觉。

5

屋里歇着，不知想些什么，慢慢看裱糊着白纸的屋顶，目光落下来就看见门背后，门板没上漆，新的，木板素白。水曲柳的木板看起来温暖柔和，木头的纹理漫向两头，微微的弯，流水一样。在这样木头桌子上写作，细节会随着那些朴素的木纹蔓延，而有了自然质朴的风味。

门背后立着铁锨，锨把微微弯曲，是微妙的力渐渐弯过去的，那弯度要一直到和人的力天然融合在一起，才慢慢停下来。

旁边地上是镰刀，手柄极巧妙一截树枝，镰刀的刃是锋利的碳钢刀片。这样镰刀做出的活，和精心修改文章大约是没有多少区别的。有这样一把镰刀的人，也该是和这镰刀一样，没有一丝多余的风格简洁的男人。

6

村子里依旧保留着古风。昌贤姐姐家屋墙上,贴一页纸,是纪念,也是为着某种东西留存而记下的样本:

尊亲、友族恭候

兹有愚辈不孝使我父一疾病入膏肓于古七月二十二日寿终正寝魂赴仙乡驾返逢嬴(蓬瀛)儿孙悲痛万分幸蒙亲友以盛情盛礼前来祭奠送丧其感欣慰谨以淡酒薄席拙辞致敬谢

孤子刘社、军权率孙一一泣血稽颡

猛一看知道是这样一个意思,但细读之后,如此庄重古风盎然,却出乎意外。也只有这样地方,才会保留这样古老的方式。比起城里过事情时那种无聊文字,格外地让人感动。

晚上,迟了,孩子们睡了,猪也睡了,鸡都赶进了圈里,女人殷勤地铺着被窝,男人披着衣裳,拿了长长的手电在院子里。

里外两重的院子很大,外面是柴草,拖拉机,毛厕,鸡圈,杂物,碾麦的场。铁门很大,要拖拉机都能宽宽进出。男人先锁了外面的大门,手电一样一样照,都在,都好着呢。男人就站定了撒尿,声音很响。在自家茅厕门口撒尿,天经地义的样子。里院住人,另有一个门,小门,红砖的小门楼,砌得复杂,两扇小木门绘着牡丹、石榴、荷花,红黄白绿的好看。男人进去,小声锁了门,照照夫妻俩南边一间,照照北面老人和孩子一间,照照挨着老人和孩子的熏得黑黑的暖烘烘的灶房。照照屋顶,暗黑的天,几根电线一亮就倏地不见了。男人很满意,推开自己的门,像一个刚刚巡视了自己疆土的王。而这时女人早钻在被窝里,待男人脱了衣裳钻近来,被窝里已经满是女人身子热乎乎的味儿。男人搂着自己的女人睡了,这女人也是自己的一部分疆土。

2003 年

二月二龙抬头

二月二，龙抬头。其实是人忍不住要抬头了。美滋滋暖了一冬，老婆孩子热炕头，油锅盔、酽茶、臊子面的日子，有些熬不住了。亲戚家串门，男人们打牌喝酒，近了是棉帽子捂着低头小跑，稍稍远是小毛驴车棉袄带上苫着棉被子，再远了，怎么也不肯去了。太冷了。

快要立春的日子，可还是冷的，脸和手露出来的感觉，风一吹，还是飒飒的皮紧。立着呆望一阵子，时光是有些凝滞的。树也没动，没一点绿的意思。人悄悄各走各的，只是炊烟比寻常烈了些，没有风，也浓浓的，带着些干草的焦味，忽地在半空里散开了，村子就满是那麦秸的气味。

临近苦水街*村，见去年疯长过的荒草依旧立着，很高，残留着细的枯枝，铁丝一样孤寂也傲然，心里忽然有"在阳光里纷纷碎了"的句子。

什么碎了？是那些干枯了但是还近乎高大的荒草？它们铁丝一样孤寂和傲然，但毕竟是有些已经禁不住岁月的煎熬，消逝了。时光并不是线性的，所谓消逝，是弥漫的，并不清晰的。

苦水产玫瑰，如果六七月，遍野都是玫瑰。来得不是时候，只有路边的苹果树，季节的缘故，还有灰尘，也许还有污染，树干乌黑。乌黑给人的感觉，并不是湿润，也并不干燥，只是一种笼统的黑，厚厚的涂抹了什么的黑，难以名状。

二月二，天渐渐更亮了，其实隐约的喜庆是慢慢起来的。现在的一切还都在背后,都还蛰伏着。虽然,那一点喜庆并不能真的改变什么。但人就是这样,借着这喜庆,一年一年过下去。

村子里,家家门框正中都贴着"门前子"——剪了穗子的剪纸。家家的主妇或是媳妇、姑娘,早早就像是琢磨新鞋样一样琢磨着新花样的"门前子"。谁家有了新花样,是不肯藏着的,女人们暗地里就传开了。全村都是自己家的样子,该有多美!人去的时候,正往里抬腿,忽然——就停下来。看一眼,再看一眼。那一眼给了人幸福,可以暂时停一小会儿的幸福。

红、绿、黄、蓝,"门前子"是有好些颜色的。剪纸的透,风透进去,院子里的喜气透出来,满院的饭食的香气也透出来。站在门里面朝外看,是透着的天,透亮亮的舒畅。

"门前子"不只在大门的门框上,里面的屋门门框上也有,人的进出就给那好看的"门前子"照拂着。屋檐上也有,一溜儿,满满登登的,各样的颜色交织着,旧的屋檐也是新的,似乎屋檐生了喜庆的"芽"。

一家门里的洁净土墙上,见悬着一个易拉罐,剪了剪了,弯弯巧巧地折了,就成了一个香炉。女人的手真巧。尤其这心思,叫人心里呼地湿润润地想这女人什么模样。这家里的地上、炕上,都该比别的人家整洁得多。整治下的饭食,该有多么香。羡慕这家的男人,可也只是羡慕罢了。

村里的小路边,随意供奉着神位。一家是:供奉玉皇大帝天尊之神位。碗口大的黑字,写在用一根杆子撑起的近丈把高的黄布上。下面一页黄纸,"门前子"那样的剪纸,剪的是当年的生肖。这样的供奉从未见过,不在家里,不在庙堂,甚至也不在祠堂,似乎供奉在路边,是要将家里祈求的和全村人共享,似乎也有借着全村人供奉的意思在。

有乡亲过来,亲热热地和主人家(多是妇女)说几句话,烧香,磕一个头,便走。

  在一家的院子里（这家的院子比别家的大），沿着长长的院子，是一条扎制好的龙。它静静地悬在那里，由人摆布，甚至是顽皮的孩子，也可以随意拍拍龙的肚子，拽拽龙的须。此刻的龙还只是个样子，只是钢筋、竹子，布和彩色的纸的混合物。它需要借助一个仪式才能活起来。

这家的院子里，老女人们正在摆置八卦灯。大致是将近百的小灯盏摆成小学生习字的米字格那样。

那些灯盏是每年用过了都存着的。而反复使用，灯盏浸透了油，似乎变得颜色深了，小，但是很沉重。

八卦灯是由老女人们点燃的。没有一个年轻人。为什么？她们虔敬，温情、缓慢，手法柔和。边上，另一张桌子上供奉着花馍（上面盘着月季花一样的花叶，点缀着红枣）和果子。女人们虔敬、温和的神色，待那些灯盏一旦全部点燃，似乎是呼啦啦作响的时候，就完全变了。忽然肃穆起来，给什么提着，紧绷绷的，似乎有什么事要发生，人得等着，驯顺地等着。

灯类似于厚而浅的小酒盅一样，近百盏倒上清油，放好捻子，全部引燃后，稍稍起风了，火苗呼啦啦地响，黑色的油烟袅袅升空，是有几分骇人的。野蛮，甚至有几分杀气。

社火里扮演的角色，正在勾脸。勾脸是特别的技艺，这里的人每年要从外地主要是陕西，请专门勾脸的师傅。

勾脸，一种是先用土黄色打底子。并不是满脸打，只是先在人的脸上点满，再用手掌抹开。待擦匀了，再用玫瑰红色沿着鼻梁两侧，向眉毛画上去。整个的脸，是半深的玫瑰红。这是英俊后生。

还有一种是花脸，是奇异的不对称。也是后生。

两者的区别，前者眉清目秀，后者孔武有力。

还有一种，是丑角。从眉毛到鼻端，涂白色，眉毛黑长，弯弯地掉下来。有趣的是，还要在白色其中点缀些微红色。在眼睛和下颌处，点缀黑色。人的选择也是稍具丑相的。丑而具喜庆相。丑和喜庆，俊和庄重，有深层的关联。

勾脸的师傅，极其熟练，不论左手还是右手，都走笔飞快。左右开弓，并不是一个简单的词汇，实在是来自于真实生活的。

村子里不宽的路上，人群越来越多了。密不透风，古人是观察透彻的。社火就要开始了。

社火，据记载，是指在节日里的各种杂戏。

李斗《扬州画舫录》卷九记载："立春前一日，太守迎春于城东蕃釐观，令官妓扮社火：春梦婆一，春姐一，春吏一，春官一。"所谓的春，是指的节令吧。春气来了，地气上升，地是微微温暖的。

更早的有范成大《上元纪吴中节物俳谐体三十二韵》："轻薄行歌过，癫狂社舞呈。"自注："民间鼓乐谓之社火，不可悉记，大抵以滑稽取笑。"

起码在宋朝，社火是"轻薄"、"癫狂"的。

现在的社火，依旧是有些"轻薄"、"癫狂"的。

先是鼓。太平鼓。

鼓声四通，为一组。击鼓，凡一组，或几组，击鼓的人必然变换一次动作。

鼓槌和大鼓的鼓槌也不一样。鼓槌是用麻绳密集地编成棍子形状的。

鼓声两通一组，促迫，鼓声三声，还是促迫，四声，匀整了，也庄严。古代的军队似乎也是这样的四通鼓声里列队行进的。

有时候动作是相当复杂的，比如会将直径近尺余、长近三尺的鼓，用带子系了，挂在脖子上，向空中满满地抡上一圈，或者是将鼓放置在地上，两腿在鼓的四周变换，但是鼓声是一样的，嗵、嗵、嗵、嗵。

身着银白色衣裳，红色的鼓。节奏十分有力。推进一切的无畏力量！

再过来的是大鼓。鼓真的相当大，要整张的牛皮才蒙得住。现在是买的，过去是请匠人制作。

应该是在春夏之交，牛虎虎最有生气的时候。有生气的时候，皮才厚实坚韧，鼓声才轰然、壮烈。

这样的牛，宰杀的时候，应该有一个仪式。不像寻常的牛，随意宰杀。牛要洗澡，

披红，要请人念咒，度它的英气在地，魂魄升天。宰杀的牛，轰然倒下。又一头牛，轰然倒下。喷涌着鲜血的牛，重重地砸在尘土的大地上。尘土起了老高，扑面的血腥和着尘土的气味弥漫着。这也是盛典，全村的人都来了，大锅支上了，切成大块的牛肉煮上了，大碗的酒斟上了，人们不醉不归。整个的狂欢节！

整张的牛皮，刮得干干净净，晾在一边。

熟皮子的匠人来了，又静静走了。他再次回来的时候，那张硕大的牛皮已经是软软的，驯服的。

制鼓的匠人，已经在一间安静的屋子里静静地等待着，算计着。鼓的架子已经箍好了，拍打一下，结实得很。甚至是几个汉子站在架子上面，也纹丝不动。

牛皮在掺了酒的水里浸透，也许是要浸七天七夜的。两张牛皮经过再次的挑选。其中更为坚韧厚实的一张将用于鼓面。制鼓师傅和他三个筋骨健硕、皮肤黢黑油亮的年轻的徒弟，兜起整张的牛皮，对面站着，比画着牛皮的尺寸，似乎是在筹划一场战争。牛皮的倦怠，在等着制鼓师傅的手。

比好了，第一根泡钉打了进去。整个牛皮的位置就是靠着一根泡钉奠定的。整张湿润的牛皮给使劲向对面拉去。接下来是在对面钉下第二根钉子。东南西北四根钉子钉下后，其他的钉子顺利、均匀地钉了下去。全部的钉子都钉好后，用锋利的刀子将多余出来的牛皮精心地割去。真正行家的刀子都是小巧，貌不惊人。

绷好的鼓依旧在阴凉的屋子里，要等着它慢慢晾干。而这个晾干的过程，原本看起来并不怎么紧绷的鼓面，惊人地绷紧了。湿的皮子绷得太紧，干了以后是要绷裂的，这其中有精确的计算，也许还有天意。接下来是进行修整。刮腻子，打平，上漆布，反复上漆，打磨，再次上漆。时光就在这近乎阴暗的屋子里悄然逝去了。

而制鼓师傅走的时候，憔悴的似乎没有一点力气了。他的力气都留给了大鼓。几个徒弟的胡茬子涌了出来，步伐也有些踉跄。这样的师徒短时间是没有人聘用的，人们要等好些天以后，等他们完全恢复了力气。

可打这鼓的，是女鼓手。近乎消瘦。天还冷，围着看热闹的人，还都是冬装，可她却是粉红背心，黑裙子，赤膊，墨镜。远处看着，削尖的脸，打得粉红。一侧黑鸦般的鬓上，是大朵的嫣红。

鼓手十分卖力，拉展了膀子。天下怎么会有这样既键朗又风骚的女人！鼓槌是二尺多长的指头粗钢丝绳制的，缠了麻绳，击起鼓来，弹性十足。

鼓手沿着巷子一路打过去，身资优美，力道十足，几乎是不歇息的。

过去了。再回来的时候，快步如飞，一双大脚，竟然不是女人！

为什么不是女人，而又要男扮女装？这一定是古老的秘密。雄性的鼓，以雄性的男人，是相克的。古老的道，早教会了人们。隐雄性之身，呈现的只是雌性，但男性的力道是在的。大鼓给虚拟的雌性驯服了，它的雄强的声音一发而不可收。

龙也过来了。人群似乎给惹了的蜂巢一样，嗡地一下乱了。

龙已经成为重要的象征,其至在微软公司制造的汉字软件里,拼音 Long 里面,龙字也是排在第一。在生活里,龙字的使用频率并不高。但是它太古老了。古老到叵测。深宫里的妇人,怀孕了,她会欣喜地说,这是天意,她的孩子将是皇帝命。什么是皇帝命,其实就是龙命。那么古老的东西,竟然要影响那么多年。

二月二,龙抬头。此刻,它已经不是刚才在一家的院子里静静待着的那条龙了。那会儿龙还是静的,笨拙,甚至是有些痴呆的。还没有人把它挥舞起来,也就是说,没有人,龙是没有意义的。而这会儿龙飞舞着,在一条本来狭窄的小巷子里,展示它无穷无尽的法力。

舞龙的带头人走在前面,左手执火炬,右手抓一把松香末,向天空一扬,火把一挥,呼地一团火,带着黑烟的火,弥漫在半空里,含着煞气。

龙经过的时候,人们拼命要从龙的肚子底下钻过去,就连怀里抱着孩子的妇女也不避人的拥挤,说是可以冲去来年一切的不吉不祥。人们挤过去的时候,舞龙的人,就几乎站立不住,要给人群冲倒,于是前面开道的回来,这回的鞭子是要真打的,而给打着的人,根本不管,只是拼命地向龙的肚子底下挤过去。挨了鞭子,脸上也是喜庆。

一年里给龙护佑着,似乎也就不在乎人了。

走高跷的人，早早起了。靠着一面墙，用木头搭了高高的架子。踩高跷的人，沿两边的梯子上去，坐好了，下面的人顺好了高跷的腿。这里的高跷是高到九尺五寸的，据说是世上最高的高跷。

仰着头，看坐在上面的人，觉得世界奇怪。把人弄得那么高，为了什么呢？高跷上的人，是百姓们仰慕的古代的英雄。打扮起来，颜色不畏艳俗，大红，大绿。也有别的颜色，黑和白，也有点缀，金色。

绑腿的麻绳，麻是经久捶制的。捶制了才软。它的纤维，变性了。编织的时候，有意将麻绳弄成扁的，和习惯上浑圆的绳子不一样。有这样的话，我认真琢磨了一下，果然。平日里糙硬的麻，造的绳子却非同寻常的柔软。圆的绳子不行，据说会绑坏了腿。有人问，为何不用宽的布带子，老人们说是绑不牢靠。这一定是多年积累的经验。

高跷松松地绑好了，人坐在高架子上面休息。一排高大到四五米的人，兼之五颜六色，让人感觉凭空出现了另一个世界。尤其高跷的腿不是裸着的，穿着那么长一条裤子，显得人像是另一个世界的。有没有另外一个世界，也许是有的。古代神话里面，某人沿着某个洞穴，一直走，竟然走到了另一个世界。有能回来的，但是，也有些人，永远回不来了。或是回来了，家乡早不在了，仿佛是一个"烂柯"的故事。

踩高跷的人排成一溜。前面的路早开好了。走高跷的人过来了，身子直直的。两边的房子，像是踩高跷的人可以坐下来休息的凳子。两边房子上坐着的人，见熟悉的人过来，可以脸对脸地打个招呼。

后面的人杂了。清宫戏的流行，也让里面的角色出现在社火队伍里。也有时髦的风味，戴墨镜的，西式的黑裤子、白衫，甚至是卓别林都出现了。

也有少许自由穿插的人物，多是风骚的女人。在平日里不可展露的，都可以在这一刻尽情展露，男扮女装，或者是女扮男装。

形骸放浪的一天。

一切按照预期进行着。其实这一切都是在某位神秘老人的安排之下进行的，纹丝不乱。老人近乎威严地端坐在某家院子里，筹划钱两，安排各样的人和事。没有这老人的命令，一切都是不会动的。

在古代社会，这个人，就是王了。

在今天的小村子，依旧。这个人拥有无上的权利，起码是在二月二这天。

老人是静默的，只有不多的话，但是每一句话都十分有效，都像国王的命令一样，执行起来，是铁一般的。

二月二一过，小村子依旧是寂寞的。

只有来回跑着的穿着花衣的小姑娘是轻盈的。

路上，几匹小毛驴颠颠地过去。

*苦水街村位于甘肃省永登县苦水乡，每年的二月二都要举办社火。

2006 年

行旅书
The Book of Travels

穿过风景的旅人

1. 绿叶子

庄稼的油绿,甚至是有几分的肥腻,并没叫人忘记这地方干旱。小路边偶然一些树,不认识,叶子厚实、独自,有蜡质的感觉。这样的叶子,反而提醒了人潜藏着的干旱。

见过这样的叶子,甚至仔细端详过。不知道树的名字,是合适的,树的名字也不过是人说的。这样的叶子,稍遇脉筋给了的水分,就赶紧吸吮,藏在肚里,死死地锁起来,不叫跑一星点儿。

叶子也是沉默的,寂寞地守着那一点儿浸润着它的水。知道那是它的一生,它得慢慢用,到那点水没了的时候,它那一点光线,会慢慢黯淡下来,变轻,更轻,虚无一样,消失了。

2. 尘

这一带少雨,路不好地方,人一过,尘土腾起。车里看着,尘土扑面而来,人忘了玻璃,躲一下,尘土却没扑在人脸上。

这样地方,人出门,得蒙着多大尘土。

尘土,细细的,粉粉的,轻得呀,人稍一走动,就腾地呛在人肺里。

尘土落下去了,静静的,风又变得清清的时候,天也凉了。一家一家的昏

暗的灯在屋子里点起来了，炊烟也袅袅起来了，暖得人心里有一丝丝凄凉。

3. 城和山

城到了。大多的城都相似。这里的城不大一样的是建了古成纪广场。在中央一座巨大的建筑背面走，没多少感觉，可到了正面，觉得真是需要。杜甫有这样的句子："吴楚东南坼，乾坤日夜浮"。这城似乎真的是在虚无田野里日夜漂浮，需一个巨大的建筑将它镇住。

有许多见过面没见过面的朋友。朋友在路边等着，叫上楼洗脸时，朴素，亲切，有一种到家的感觉。

洗了脸，楼下的饭已经准备好了。有人不断打电话，似乎要把全城的人都叫了来。

酒很快下去，差不多是一箱子。出门已经是夜色阑珊。余兴未尽，有人提议夜上文屏山。

月亮真好！走了一段路，同行的一个人要留在后边，说是要一个人看会儿月亮。

山是土路，但走起来极为惬意。夜凉如水，想起古人有些话，真是好！

文屏山一座古寺的台阶，笔直，几乎是天梯。一个人先摸索着上去，凌空大叫，门开着！几乎是荒郊野外了，竟然夜不闭户。

一行人上去，见左边有一钟亭。还有余下的半斤酒，不知谁提上了，大口轮着喝，大声说话。以手触钟，不敢用力，钟发出低低的嗡嗡声。低低的钟的声音是接近人的语言的。

在山上的感觉，一座城也是需要一座山的。一座城需要它的某个部位坚韧起来，有分量，以便让它平坦的地方可以心安理得，可以忘记一些什么。

下山，送我们的那两辆车在那儿等着，似乎它是县城和这座山之间一个必然的什么。它很宁静，奇怪。

4. 清晨所见

第二天清晨，三个人去吃早饭。想这样地方，会有从未吃过的东西。可几个地方都寻常。不敢乱挑，给别人添麻烦。去街边买了菜盒子，另一处小店要了稀饭。喜欢是小米之类，最好是苞谷面糊糊，却是舶来的"黑米粥"。可笑自己罢了。

边吃饭，边看一个卖肉的短粗男人，捋起袖子，憨态可掬，在肥白的胳膊上写字。可有这样记账的么？

吃了饭，街上转，见架子车小筐里全是萝卜，粉彩的瓷器一样，一个个洗得极干净，干净到令人惊讶。似乎不是要卖的，只是洗净了给人看，看罢了，是要带着回家去的。且萝卜的尾巴一律朝外，齐整，刺猬样一片。

卷二
萧瑟与安详之美

穿过一边的院子,尽是一种草,看着可爱,问,没人知道。一个上了年纪女人,说是三叶草。细看,真是,每一组叶子都是三片。古老的植物命名法。

一条街,过去叫衙门巷。这里历史很久,也许过去就是衙门。政府也设在这条巷子,人民政府为人民,看着这样的巷子名,感觉别扭,人民政府怎么能设在衙门巷呢？于是改了，叫人民巷。

5. 路上

路上见高粱，红、白两种。红得发紫发黑，沉得呀！白的没见过，叫人陌生。高粱是奇异的庄稼，古老，满地举着，密麻麻兵器一样。不知道为什么，想叫车停下来，去摸一下。感觉那高粱是温暖甚至炽热的。想起前不久去临洮时写下的句子：高粱的成熟，也不过是一个最毒的阳光正午，就榨出了它的全部醇香。

终于有机会摸它一下，整个的穗子稍稍松散，沉，有些生涩。

路边有过去人家的遗迹，几棵树生在那儿，树长大了，和残颓的土墙亲昵地挤在一起。似乎本来就是这样，树也是土，土也是树。

有放学的孩子。十一点才过。觉得奇怪，但就是这样，有些孩子住得太远了。看起来小到可笑的孩子，骑着比人高出许多的自行车，居然骑得很稳。

不时从路边出来一个人。不知是从哪里来的，也不知他会去了哪里。隐隐有一点悲悯，又觉得自己可笑。也许，人家觉得可以悲悯的是寂寞的旅人。

不时见牲口。有趣的是两头驴，悠然走着，一前一后，两个人一样，也不搭话。驴走得悠然，背着手走路一样，它自个儿是认得家的。有人说：牲口就像是自己家里的一口人。说得真好。说这话的人，家里是喂养过牲口的。

玉米已经收获了，路过村口，场院里一大扎一大扎地悬挂在木头秆子上，像是传说里的黄金树。阳光照在上面，有点硬的感觉。

一家院子外边，有零散的木板，已经黯淡了，又落了雨，觉得那木板似乎是另一种质感了，有些松散，似乎软的，随意能折叠，纸一样能写上些什么。谁能写一本木版书呢？其实就是用一页一页的木版写，写一点儿泥土，雨，庄稼，时序，婚丧嫁娶，人心里远远地想着的一点儿什么。写完了随手搁在院子外边泥地上，有没有人看，是不用管的。谁拾了去也就拾了去。慢慢朽了，朽了也

就朽了。那样的书也许才是书吧。

6. 成纪古城

丝丝的雨起了，微雨。没人记住古成纪那个路口，太不起眼了。只能在泥泞的小路上慢慢辨认。近乎荒芜，但还是有一块黑色的石碑给看见了。

穿过的湿润田埂一边，玉米的紫红穗子沤黑了，蔫蔫地塌着。玉米在褪了色的叶子的包裹里，安睡，等着。

养育它的泥土新鲜、干净，叫人想到这里的女人。

几乎什么都没有了。原先想看到一些什么，城墙和城里的一些残迹。到了，只是一些土墙，夹杂着许多瓦片，似乎是借着原先坍塌了的城墙，顺手再堆了起来的。

知道是毁了又建，建了又毁，可还是没法想象。

沿一侧走一会，想走到一个豁口处，能上去看看，哪怕，什么也看不见。先前在另一处听人说，似乎还能看到粮仓和牲口圈之类。一同去的人说，什么也看不到了。整个城早填平了，种了庄稼。正正方方的一座城，现在竟然是一方庄稼了。

雨密了起来，地泥泞，很难走了，只得赶紧往回。这边整个是苹果林，低矮的树种，人得弯着腰从果树枝条底下过，稍一碰树枝，叶子上的雨水就打下来。一座果园围着的城呀！果子熟了的时候，该是满城的苹果香气。

什么也没有看到，但似乎什么都看到了。时间已经几乎抹去了一切，但是时间留下了。感到时间就停留在那儿，雨一停，它们又会鲜活起来。

那些粮仓和牲口圈，也许是并不太久远的人，几百年前的人，偶然的一段日子。这样的古城是应该挖掘出来的，墙，街道，官衙，民居，私塾，店铺，一点一点地显现着，活了过来。

来人可以住着，可以在悬着灯笼的街上幽幽地走，小酒馆里有人在喝酒，说话的声音和现在是不大一样的。走的时候，摸出一锭银子，轻轻搁在桌子上，声音闷闷的，实实的，叫人可以摸到。

7. 小院子

路过一个院子，见长达丈几地垂下的鲜红辣子串。老夫妇在屋里静静地穿辣子。见我们进来，叫坐下，并不问什么，只是问，喝茶么？手里的活并不停下来。

院子里靠墙，立着一柄锨，锨柄很长，柔顺的呀，似乎是怕使着它的人累着。铁锨什么也不想，只是在雨中静静地休息。

雨淅淅沥沥地落着。一只羊在院子角落卧着，并不想对我们说什么。

玉米秆子的笼子围着几只鸡，很乖顺，其实只要它们稍稍用力，就可以出来。可它们不想出来，似乎里面就很好，倒是在疑虑地看着，觉得我们不该在雨天出门。

8. 麻、荞、荏

第一次见到麻。麻绳，麻线，麻布，我知道很多。贫穷时候，和母亲一起纺过麻（纳鞋底用的细麻绳），但没见过长在地里的麻。知道的人说是有公麻和母麻。母麻有籽，就是麻子。麻熟了，将皮剥下来，在水里加了石灰沤好了，才好一层一层撕下来。

麻的叶子细长，优美，叫人想起《诗经》里的句子："丘中有麻，彼留子嗟"，"不绩其麻，市也婆娑"，"蜉蝣掘阅，麻衣如雪"。制出来的麻衣，穿起来柔软，看起来可以如白雪一样的美。

麻是多么古老的植物呀！

荞，也许是应该叫作荞麦的，可这里人只是小声地咧一下嘴角，说，荞。似乎是一个心疼女子的名。

远远看，大片的荞正开着，细碎，嫩红，粉白。坡地的缘故，大片的荞矮了下去，又升上来，又矮了下去，波浪一样。荞的花真好看，迷人。这一大片的荞花叫人想，满世上好看的女孩儿都在这儿了。

照了一张相，觉得幸福。似乎那些无数的妩媚女孩儿会给自己带来温暖和灵感。

荞的好看，让人忍不住近了，看了，再看。雨后，地是潮润甚至泥泞的，也许只有这样的泥土才能生出这样好看的荞。羞涩，也结实。近了，才发觉荞的秆子极红，溜溜的长。叶子什么样？忘了，似乎是女子的眉那样。只是记得有露水，露水太浓，一会儿就打湿了鞋。

这样的荞也许是不需要什么收成的，只是看看它的花就够了。它凋得多快呀！

也见到古老、野生的荏。现在已经没人种植了，作为油料作物，它的籽少，没有多少油可榨。荏在《辞海》里这样解释："白苏亦称'荏'。唇形科。一年生芳香草木,密被长绒毛。茎方形,叶对生,圆卵形或近圆形。秋季开花,花唇形,白色……"。

苤是古老的植物,在《诗·大雅·生民》和《尔雅·释草》里都有记载。发现的人应该是采集的妇女吧。妇女采集中最早注意到的应该是油料作物,因为口感好。苤也并非是不可以培植的,有些植物是无意识间就给遗弃了。苤的命也许就是如此。但它也不会轻易就消亡,它的随意生长,是不会有人把它锄去的。它不过是那么一年一年地野长着罢了。

植物也成为古老时序的见证。光阴荏苒,苒也可以肯定是当初籽实可以食用的植物。人们不会随意去记住那些于人类的生存毫无关系的植物。

潘岳《悼亡诗》里有:荏苒冬春谢,寒暑忽易流。苤谢了的时候,就是一年又过去了的时候。

这样的植物是应该有意识地保留下来,叫孩子们看看、感受一下的。

9. 祭虫

田边走,谁说起祭虫。阴历四月八,是祭虫子的日子。种田的人给虫吓怕了。这日子会杀了鸡,用鸡血染了小旗子插在田间,名曰:祭虫。

古老时候不知道会在田里插多少这样的小旗子,虽然小,可是有肃杀之气。这样的肃杀之气,虫子害怕吗?

我在这样田里也遇到了一只小虫,可也许不是那种害虫。虫子很小,微妙。我静静地看着那小虫在我裸着的手臂上纤细、精巧地行走,我想多看一会,它微妙的腿,黑色油亮的嘴,它的甲壳上一点微微的暗红色,但有人过来惊扰了它,其实只是一点光线,那一点光线掠过了它的眼睛,它感到了什么,甚至连是不是有危险都不做判断,就疾疾飞走了。

10. 牌子、枯叶、碌碡

路边有大标语牌:灵武大炭。好气派!似乎在卖着什么值钱东西。古时候是不是这样,人挖了炭,堆在路边,一边是茶摊子,有酒和大盘的牛肉,边喝边聊,等着人来买。灵武大炭也!

就在一边,一片枯干的树叶,忽然不知为什么动了一下。似乎没有风。它只是那么动一下,又忽然不动了。

在一条小道上见到碌碡。和一般见到的碌碡不同的是,碌碡眼里,镶嵌了铁。这是为了坚固,似乎这户定制了碌碡的人家,打定了主意是要一代一代用下去的。

从磨损看,这个碌碡使用的时间并不太长。据说有些地方,有人坚持着用碌碡和磨,他们说,那样的面,好吃。

订制碌碡的老人,当然不知道会是这样结局,也许是会有些沮丧吧。我看过许多作家写过顽固不变的老人,他们的古老是可爱的。

11. 苹果

这是产苹果的地方，不断看到田野里有高两丈余的烟囱一样的建筑，但是干净，新鲜的砖红色上，没有一丝烟熏痕迹。

觉得是地窖的出气孔。问人，果然。这样的窖据说可以大到装三、四十吨的苹果。运的时候七八辆卡车一字排开，什么气派。

苹果是要窖的，似乎生涩的糖和果酸需要发酵一样地慢慢转换，这是一个自熟的过程，不倚赖外界，比如阳光和水，而是自身，慢慢地终于醒悟了一样，似乎一觉醒来，天亮了。也似乎一个懵懂少女，转身就知道了长大成人了。

见过硕大的现代化果窖，水泥生硬，不知道在那里储存的苹果会是什么味道。这里的苹果是决然不同的，生长这些苹果的泥土，依旧以湿润的气息呵护这些略略生涩的苹果，要直到它们甘甜、饱满。

一边就是苹果树了。很少这么近看果树，尤其是果子成熟时候。站在树下，感觉一嘟噜一嘟噜的苹果和梨沉得可怕，甚至是阴沉。尤其是苹果，它的细密质地看起来似乎是更沉的，有些彩色金属的质感。看起来并不坚韧的两尺的枝条，密密麻麻地生着几十几个苹果，沉得让人觉得枝条随时会折断了，或是那些苹果忍受不了，失声跳了下去。

现代技术是让果树拼命生长果子的窍门，可一棵苹果树究竟应该生长多少苹果？在山里见过野生的果树，比如野梨树、野山楂，它们只是随意地长着。似乎长了几个果实就是几个，似乎果实也只是它的副产品，而它的茁壮、野性、杂乱的枝条和繁茂的树叶才是最为重要的。似乎从它的枝叶间穿过的风才是最为重要的，享受阳光才是最为重要的。

看着这些果树，拼命繁衍的果树，觉着难过。

也见到了所谓的柴扉，是参差不齐的连皮的苹果树枝，连绳子也不肯用，只是用随手剥下了的树皮拧在一起，就成了绳子。用这样的绳子随意地扎住那些树枝，就成了门。这样的门是无所谓有，也无所谓无的。只是一个样子，只是那么若有若无地淡然隔了一下。

12. 朋友的家里

去朋友乡下父母家。见奇异的粮仓，几乎就是一座架空起来的房子。主人说一是防潮，二是防鼠。在许多地方走过，但这样的屯从没见过。

进出粮食是在正面，只是两个小窗子，再没别处。窗子是整页的木扇子，不用玻璃，合页从上面固定住。窗子这样的结构，存粮似乎是容易，往里面倾倒即可。取粮食，就不易了。粮食在高处还可以，低了时，人是要从窗子进去的。为什么不把窗子弄得大一些，为什么呢？

这样的屯要屯七八千斤粮，看着这样的屯，人是多么大的安慰啊。什么都没有的时候，还有这些粮，可以撑着人到来年。来年就是希望啊。

有这样屯的人家，儿子在城里，可老两口还种着地，每年的粮，陈的用去了，新粮再存进去。似乎儿子终究还是要回来的，城里只是暂时待一阵子。

在这一家，见异常结实的小凳子，似乎和泥土是生长在一起的。似乎只有含辛茹苦劳作的人，才可以疲惫地坐在上面。凳子小，但是看起来，粗笨，敦实。

还是这一家，铡刀沉甸甸地在土墙边上靠着，奇怪的是，我在别处从来没有见过这样，似乎是惧怕铡刀飞起来伤了谁，用结实的绳子将铡刀死死捆住。

我不知道是什么意思。但似乎又不好问什么。问了似乎很傻。这里面一定是有些什么的，人不肯说出来罢了。

13. 另一家

快到吃饭时候，想着去吃一碗乡下的浆水面。车上的人打电话，那边的人似乎不认识,这边的人就说:我是李家山上人。我不知道李家山上人是什么意思。是一个山上的人,就可以随便上人家吃饭么?

可到了,门开了,却亲热得很。似乎并不是很近的亲戚。女人们里外地忙,风箱呼呼地拉着,热热的茶也泡好了。

不急着喝茶,倒是喜欢这样的院子,土色鲜黄,干净,没一点杂质,踏得平平实实的,叫人走上去舒服。似乎自己的鞋是脏的,怕亵渎了,不敢随意走。院子一边是花圃,随意种着些杂乱的花,也有葫芦之类。一个很大的鱼缸,小小几尾不知道什么鱼。好看的是浮萍,叶子圆圆的,一侧生着叶柄的地方,有一切口,似乎是剪刀剪开的一样,深绿,稍稍带着些微的紫。花不大,有些似于荷花,但比荷花巧。花瓣有些凌厉的样子,似乎触一下,会感觉到花瓣的坚硬,尤其是花瓣的尖,有点倔强的意味。

这家却养着一头猪,忽然想,猪圈这样的地方,怎么会养出那么香的肉。真是奇怪?

一个置放闲杂物什的棚子里,挂着去年的一串玉米,大约是光照,玉米的金黄色整个褪去了,一色惨白。这玉米大约是主人不预备吃的,也就不管,只是在那里看一点金黄的颜色。颜色褪了,不好看了,不好看也就不好看了罢。主人似乎是不用管的,玉米也只是玉米罢了。

屋里的椅子垫叫人吃惊,似乎是有意识将不同的花布剪碎了,再千瓣莲花一样地一叶一叶缝缀在一起。颜色搭配得极好,叫人不敢坐在上面,似乎是可以悬挂在墙上的东西。

人喊着叫吃饭了。忽然想起小时候,天快黑的时候,一家一家的大人在暮色里喊,吃饭了,小三,吃饭了!

这家的饭好了。两三样简单小菜。面一碗一碗端上来。有人提醒,汤是可以不喝的。但汤实在是好味道。是热的浆水菜,用滚油炝了的。酸,鲜,可口。

配着炒在一起的茄子和辣子,自家炸的辣子油,似乎吃不够。同行的人说,他最多的那一年,吃了十二碗。实在是好吃,我一气吃了三碗。主人还要添,实在是吃不下了,只得作罢。

在这里吃饭前,朋友对我说了这里的另一种习俗:动荤腥。米客是要知道这习俗的。主人家一桌子菜上来,筷子是要先夹粗淡菜的,这之后才能动荤腥。

荤腥是要用"动"这样一个字的。不是随便的哪一个字,庄重到这样的程度。

14. 场上的灶

在村子里随意走走。打麦场边上,是一个巨大的灶。很早就盘了的。有些残破,但烟熏火燎的痕迹,在雨后清晰得很。那口锅能坐上去,要大到四五尺。不知道做什么的。但是,它的气概震撼了我。我只是听说过某座寺庙有大锅,可共几百人喝粥,大约也就是这样的灶。

我走近,看着灶的尺寸,觉得这样的灶即使是整座村庄的人都来吃饭,也毫不含糊。

这样的灶不仅是锅大，奇特的是，灶台也是相当的大。可以放下一头整猪在这里来回摆布。

有些猜想，是用来杀猪的。也果然是，但还是没有想到会有那样大的场面。

这里的人说，腊月一进，家家户户都要宰猪。屠户就是那一个，已经宰了多少年了。不知多少猪丧在他的名下。大锅的开水沸了，灶台上女人用滚烫的碱水早洗刷干净了，就等着。肥猪一头一头满麦场上捆着，悲愤地嗷嗷乱叫。

先来后到。屠户捋起袖子，胸口热气直冒。左腿膝盖上去才顶住，藏在背后的刀子就出手了。似乎只是一瞬，血就哗哗地流着。之后是在猪的后蹄处，开一个小口子，用一根细铁棍插进去。接着一吹，猪就鼓起了一些。然后将铁棍抽出来，就直接用嘴了。这是功夫，多少年练就的。屠户一吸一吹，在间歇的时候用力捏住开口的地方。屠户腮帮子一鼓一鼓吹着，一边开始有人用铁棍拍打猪的其他部位，屠户吹出的气，就顺着过去了。待整个猪滚圆了，变得不成猪样，细绳子扎死吹气的口子，几个人就抬着上灶了。大锅里的水似乎更滚烫了，诱惑一样地滚烫。整个的猪给下在了滚水里，屠户着人来回在锅里翻着整个的猪，等着毛烫匀了，好刮。

刮毛的刀是弧形，手可以整个抓住，用力十分顺手。刮刀早已经磨得利爽了，只是一下，就刮出了宽宽的一大溜。黑毛给刮去，显出粉红色的肉皮，几乎是有些娇嫩。猪渐渐不冒热气了，凉了，再下到滚水里，反复几次，整个的黑猪就变成了粉嫩嫩的了。

接下来是搁在灶台上，卸下头、蹄，就该开膛了。开膛是热闹事情，孩子们会围满了，一惊一乍地叫，尤其是女孩子，一边尖叫着，一边还是忍不住看。

整头猪收拾完了，主人家并不给钱，屠户得的只是一副下水。也有宽厚的，就留下了猪头。

从一进腊月，这猪要一直杀到二十八九。能杀多少头？这村子有多少户人家,就是多少头,少则几十,多则上百。下水闷在一起,是不显眼的。假若是每家都给了猪头,真是一地猪头了!

灶台的火已经熄了好些年,冰凉透底了。这些年很少人养猪,人家热闹的时候,这里是凄凉的。

忘了问,那样大的锅是谁家的呢?那锅呢?真想去看一看。

15. 串门

在另一家,见到非常奇异的顶棚。一般顶棚,是在墙的四边里,钉上细木框,接着在顶棚井字拉上细铁丝或是线绳,再顺着一个方向把白粉纸糊上去。可这家的顶棚是不用糨糊的,只是在稍稍密着一些的铁丝上把纸像是编织物似的别上去。

我进去的时候,孩子正在看书,男人宁静,只抬一下头,说,坐,就接着粘一本破了的字帖。

也就是这一家,真是贫穷,屋子里几乎没什么像样家具,但是干净,院子里也扫得像炕上一样,一根草没有,干净得呀!

16. 瓦

回县城,想看博物馆的文物,没找到人。文化馆一位书法家屋里立着一页瓦,大得惊人。薄到两厘米的瓦,纵横竟然有五十厘米那么阔大。容易碎呀!这样的瓦,据说是汉瓦,当时用在屋顶上的,也许是为了轻吧。瓦的质量很好,敲起来,有金石之音。太大了,立着的瓦一片空白,书法家在上面写了毛公鼎的铭文。

书法家说,这瓦,古时候,夏天人死了,会在井水里浸凉了,三块,垫在死者身下,再浸三块,覆在身子上面。用不用这样的瓦下葬,我不知道,但艰难的年代也许会吧。

成纪古城，还有一种筒瓦，圆形的。这样的瓦又为了什么呢？坚固？但似乎也是不能解释。筒瓦直径十四点五厘米到十六厘米，直径四十厘米，很是壮观了。这样的瓦也会作为葬器。古时候筒瓦曾经作为婴儿的瓦棺。

还见了精美的秦瓦当，饰有字：长乐未央，大禾美帛。言简意赅，叫人叹服！

17. 渊默如雷

路过一所学校。这是名校。高考很厉害。同行的朋友中有老师，说：渊默如雷。

真是这样，晚上，月亮很好，几个人没事，在学校走了一趟，真是可怕！几乎所有的教室灯都亮着。

这样的学生是可怕的，但这样教学的老师和学校更是可怕的。

18. 要人

第二天，去泾川的路上，见远处的山坡隐隐有窑洞。这样的地方，住人？问同行的人，知道我是河南人，对我说，那是五十年代河南人在这儿挖山洞时住的窑。这儿缺水，当时的某个要人想从山里打一个洞，将别处的水引过来。这活太苦，当地人不干，谁出了主意，说是可以从河南去骗。说是招工。

许多河南的农村人从老家过来，有些逃了，有些死了。有几百人吧。

洞是从两头打的，可是打偏了。应该给那些在这儿死去的人立一块碑。可碑上刻些什么呢？

那个要人也早死了。

19. 地名

一个叫作黑鹰沟的地方。这地方奇特。人一吵架，声一高，雨就落了。

似乎这里应该是温和的，不宜这样。

这是天意吗？也许真的是。

20. 喇嘛坟

路过一个地方，说有一座喇嘛坟。什么时候的？也许就早了。我没问，也没人说。这样的事情似乎总是无影无踪。

哪一年发现的，也不知道。只是在土里发现了一对大缸，扣着一个远游的喇嘛。也许真是喇嘛，衣裳和别的僧人不同。

发现的人该是惊奇的，这样地方怎么会有这样一个人。他从哪里来，为何要经过这里，他一起的还有什么人？

也许只是两三个喇嘛，因为什么事情，负有重大使命的，经过这里，一病不起。使命太重，不敢随意惊动人，只能悄悄葬了。也许想着，以后待有机会再来，再隆重地葬了，但就是再也没有机会来。也许办这件事情的人，很快就消失了，幕后指使的要人也很快消失了。

喇嘛们经过这样地方，绝然是有要事，甚至是一个不同寻常的秘密。这样的路不是随便什么人都会走的。

尤其是一个喇嘛。

21. 几棵树

看见石榴树。一家院子里，有高大的石榴树，可石榴只有两个，但是大，暗红，结实地鼓着。不会只生这两个石榴的，也许是主人不忍摘尽了，留下两个好看。石榴是奇特的水果，有蜡质的感觉。可打开了，一粒比一粒鲜嫩。李商隐有写石榴的句子："曾是寂寥金烬暗，断无消息石榴红"。叫人黯然神伤。

还有柿子树。没有这么近地看过柿子树。柿子树的叶子大，厚，坚忍，似乎是有气度的。有些叶子青着。也有些黄了，可没有衰败，有重臣之相。

也有苹果树。看苹果树的叶子，是干枯的那一种。黯淡的褐色，蜷曲着，叶子的边缘似乎锋利得很，人的手触上去，会有血给割出来。

老核桃树。两株。没人管它们。核桃落了，才会有人去拾取。没有人来的时候，它也不过就那么落了。寂寂地落了，只是闷闷的一声。树的一边，水寂寞地淌着。

22. 臊子摆汤面

泾川回来，晚饭时候了。去吃面，遂见识了一种有些壮士气概的面：臊子摆汤面。

这样的面，有些奢侈。一大碗臊子汤，辣子油，盐，醋，一边搁着。很快，面上来，一只几乎是硕大的热汤盆，盛了刚煮好的刀工精湛的面，看起来十分利洒。筷子从滚热的清汤里随意搛一筷子，稍稍一涮，浸在狠加了辣子油的大碗臊子汤里。再搛出来吃的时候，已经有了臊子汤和辣子的味道。这样的宽汤，是为着面的筋。面要赶着吃，趁这一口筋。

臊子汤是不喝的，只是蘸料，待吃饱了的时候，慢慢透一大口气，才闷头喝小半碗臊子汤，然后将碗"嚯"的一声推开。摸一下肚子，实在是舒服。这样的吃法一定是很古老的。

2004 年

阳山下：萧瑟与安详之美

1. 路上

山坡上，小块的田，要斜到三十度，几乎挂着。更多的则是原始山坡，细密密的草干枯了，倦了，大片大片，蜷缩着眠睡了一样。细密的草，人看不清楚，但一场雪后，残雪，朔风的作用，雪刮得一绺绺的，暗褐色草坡上，银白色的条纹，凛冽虎皮一样。

满坡的野草是匀称的，间隔着，揖让着，不像人，会死死挤在一起，而空阔的地方，又荒无人烟。

两三匹马，宁静地立着，似乎是这马给山坡带来了不寻常的宁静。马这种动物，一定是有思想的，优美而稍有些贵族气。马的思想，绝不是我们所能理解的。

蜿蜒而上的山坡上的小路，远的缘故，只是一线，窄细到如同一只苹果上虫蛀的痕迹，似乎刚刚还有一只坚韧不拔的小虫子啃噬着前行。忽然想，这是大地的皮肤啊。

冬天的大地，安详而倦怠。想起，甚至是在祈祷一个句子：必须使大地肥沃。

大地的养分来自哪里？来自歇息，也许还来自死亡，来自死亡深藏着的巨大的再生力。

地里什么也没有了，可是偶尔还有一两个人在忙什么。

远，但是奇怪，似乎能看清楚那人的脸，觉到他们稍稍有些疲惫的安详。

冷，也稍稍有些阳光，一切都有点薄，半透明，有点梦幻，半旧的照片一样。

路过一个地方，叫殪（yī）虎桥，这里的人是读做（yè）的。不知道什么时候的事情了，应该是有勇士在这里杀了一只威猛的虎。虎，毕竟不是凡间的东西。心里猛然间热了一下。

2. 到了

天色略略脏，村落里的屋舍、树木，黯淡地蒙着去年的尘土，淡薄的阳光下，有几分陈旧寂寥的美。

树叶早落尽了。杜甫"无边落木萧萧下"的句子里，那个"木"字给现代人以错觉。叶子转换成"木"，无端地沉实了。

远处没有叶子的树，枝条一律纤细，但是有几分硬扎，叫人记起鲁迅那个干枯野草有如铜丝的句子。但是一转弯，离那些树近了的时候，却发现是寻常的杨树。觉得奇怪，硬扎铁质的感觉，这会儿却奇怪地显得柔和、温润，隐隐透出灰绿。

看那些树，想起美国黑人女小说家沃克说过的一句话："我自己小时候爱过一棵树，我每天都要去拥抱它一会儿"。

我们现在已经说不出这样的话了。

在村子里散漫地溜达。路过一家，这家做着小生意，麻刀泥抹着的外墙上，喷着黑漆的老宋体字：压牛筋面。字刻得不大规整，反而有生机勃勃的刀味。

另有一行手工写的字，内容恰巧是：手工醋 0.7 元一斤。

一家屋门上，贴着半页白纸，印了一个黑色的"门"字。使用废弃了的铅字，蘸了墨汁印的。自己奇怪，又不好问人。有些事情是不能问人的。

一家院子门上斜斜地贴着一道"符"。前几个字模糊，后面清晰的是："……急修尸煞消灾。""尸煞"应该是一个神灵的，人死了，才忙着"急修"，忙着侍奉，大约是来不及的。相当于已经着火了，才想着弄一个消防队。好在民间百姓根本就不管这些，只是召了来"用"。"用"了以后也就忘了。死去的亲人，魂灵怎么就倏忽转换成需要一个"尸煞"来"镇压"、

消灾的东西？人害怕亲人的魂魄，其实只是恐惧死，恐惧于一个未知的深渊。

另一家门楣上也有符，是什么玉仙令。前面那个字，不认识。它就不是寻常写法！贴着符的人家也未必认识，大概除了"创造"它们的"大仙"之类的人，谁也不认识的。可以看出来，字是拼凑而成的。"玉仙令"前面，大略是有一个"霸"字的，但是又和其他几个字的某些凶悍偏旁部分拼凑在一起，似乎这样就增加了字的神奇法力。字变成了"符"，清晰的字变成人们寻常不认识的字，似乎也是在回避鬼魅的辨识，以便攻其不备。这已经是兵法了。

符上押着的血红的印，依旧不可辨识。人不识，鬼自然也是不能辨识的。押着的印带着血气，杀气。逢必杀的！

3. 一家

正是腊月。这里家家腊月要杀猪，叫年猪。美好富足的叫法。一般人家里

杀一口猪，富裕些的杀两三头。猪要喂到三百斤以上，滚圆的肥！三百斤的猪是多大一块解馋的肉啊！大块的肉在杀猪案上。屠夫用锋利了的卷刀（一种倒U型的刮刀）蘸着滚热的水，直刮到雪白，雪白里透着淡淡的肉粉色，那情景，所谓丰满、美好、幸福之类的词汇尽可以用上了。

去一家做客。灶房里转转，熏黑了的梁上吊着一大溜子新鲜的肉，大块大块的肋骨，猪的前后腿，部分肉给剔去了，留下的部分，间或可以见到剔肉时候刀子深了吃出的白皙的骨头。刚宰杀完不久，肉还鲜红，但是毕竟放置了一段，没有了血腥气，肉的红色平顺、柔和，甚至有几分耐看。

锅台上，一口锅的盖子，捂着旧了的厚棉被。锅里是热腾腾的洋芋。这里的洋芋是极"面"的，也就是所谓的"沙"。"沙"是指的口感，和"艮（韧而不脆）"相对。其实说穿了，不过是淀粉。从贫瘠的泥土里吸收上来的养分，悄然转换为淀粉，过程应该是奇妙的。

关键还有煮制环节，铁锅里，水要适量，火候控制住，水将干未干，将将要干，洋芋就"面"了。洋芋会略略地裂开，稍稍洒些盐，奢侈的蘸上些油泼辣子，实在美味。

熟了的洋芋有独特的植物朴素气息。我在一篇散文里说过青草，梦想谁给少女们研制一种青草气息的香水。梦幻一样的青草气息，要极淡，若有若无，若无若有，叫人感觉到少女气息般地稚嫩。

这家正房的正中，是灰色中山装的毛主席标准像，神态安详，不悲不喜，似乎还在人间。我老是疑惑这标准像，里面的标准究竟是什么？

像两边是"年年有余"年画，四条屏，有些突兀的是一个宣纸写就的斗方：

宠辱不惊闲看庭前花开花落花落花开

去留无意凭随天外云卷云舒云舒云卷

曾在某寺院见过这一联，何其雅啊。

正房东面是炕，睡四五个人也很宽展。被子褥子单子一律大红大绿，黯淡的屋子里，需要这样艳丽的色彩。原先的油灯照明，更需要颜色上的艳丽。人一进去，满目的红火喜气。民间有自己的审美，和学院派的什么是完全不一样的。虽然这些年学院派也跟着民间，学习民间的"时髦"，本质上完全不同。民间的基本点是实用，比如剪纸，里面有很多别的祈福、消灾、求子嗣的意味，和美无关。

看着宽展的炕，真想在这里好好睡一觉。万般无事，地在地里，粮在柜子里，媳妇在家里，孩子长得结结实实，有什么不放心。

西边是"横陈"着的柜子——粮柜。敲敲，声音闷闷的，沉实实的。从体积估算，要七八百斤，甚至千斤，将近吃一年呢。有这样一个幸福的柜子多好。

这里依旧是几十年来的老习惯，报纸糊墙。四面墙上，甚至连开门的那一面墙，一律糊满了报纸。换句话说，是满墙的字。敬惜字纸的习惯，是依旧的。

这里的女人们，尤其是年轻女人，如风一样轻巧地避让着客人。端茶上菜，能避让则避让，避让不过时候，羞涩地一低头。自然不是徐志摩年轻风流时候写就的《沙扬娜拉》里的那种羞涩。她们只是那一瞬间，转身就是结实，地里，灶上，床上，都是结实的。她们坚实的男人也需要一个结实的女人，包括在床上。有一个词，叫结结实实，一个还不行，还得加上一个，似乎加上一个才更加结实。

但是我奇怪的是，一直就没见到特别显得结实的男人，一个个都身形修长，没有粗矮的。当然从手来看，关节是有力的，几乎和铁一样，和这样的手相比，我的手是病态的。城里试着恢复野性的是新人类的暴烈丫头们。男孩子呢？有些反过来了。据说前些年一位香港女作家就说，二十一世纪是中性的时代。不幸给说中！

4. 又一家

遇见这家的邻居，那人一定拉着我去他们家，说是刚杀了年猪，请了村里老人正喝酒吃肉。客套地辞一下，其实心里想去，想去看看怎么个吃年猪喝酒。

正房迎门一个T型的桌子，所谓T型，是两张并在一起的桌子，靠墙一张的叫停桌，外面的一张叫围桌。我奇怪停桌的叫法，主人说是用来停放去世的老人的。头西脚东。看着停桌，心里有几分庄重。桌子惜乎有些狭窄，可叫人感到了分量。一件东西是不足道的，关键是它承载了什么。

停桌是单色的，颜色也比较深，近乎褐色。围桌则不一样，大红色，金色，绿色，黄色。图案多是福禄寿、牡丹花、喜鹊踏梅，也有八仙。八仙这样的图案不多，大约是能画八仙的匠人不多的缘故。

围桌待不待客，不知道，也没有问。记忆里，正房的桌子是用来待客喝茶的，有几分礼仪性质，吃肉喝酒，没有见过。

几个老人围着烤箱边一张桌上。年菜简单，萝卜菜炒肉片，猪血肠。桌子上有刚烙好的薄饼子，一巴掌大小。似乎是可以卷菜的。再就是当地一个小酒坊酿的酒。血肠是小肠，至于为什么用小肠，只是多年的习惯。血肠没有多少特别的味道，调料也只是盐。如果能有一些葱姜和花椒，味道会好一些。

萝卜菜我特意问了，是干制的萝卜丝，泡了，在河水里反复揉搓洗净。我后来去村子走走时候，在小河边见了。一位老年妇女，抓着一只笸箩，笸箩里面是一种干菜，女人说是萝卜菜。河水很浅，几乎是小溪，四处都结着冰，女人在露出的一块水面，将笸箩浸在河水里，使劲地揉搓里面的干菜。冬天的河水，滴水成冰，看着都觉得寒冷，可女人似乎不知道寒冷似的。揉搓的意思大约是要把萝卜里的味道挤轧干净。后来我吃这样菜的时候，知道是萝卜菜，却没有多少萝卜的味道。少了这一点萝卜味道，肉味将好进去。

桌子一边是炉子，盖上面炖着两个熬罐罐茶的小罐子。罐子比我在别处见过的要小得多。配着的几个酒盅，我知道是用来喝茶的。主人问我喝什么茶，我说就罐罐茶吧。主人笑了笑，他以为我喝不了那样的茶。茶实在是苦，我以前喝过，受得了那点苦香。

几个老人见我，非要上炕去，把桌子这边留给我。拦阻不住，不如从命。

已经是下午三点多，早不是吃午饭的时间，可是老人们在一直吃着。颤巍巍的手里，筷子不断地把盘子里的肉菜夹在嘴里。这里快一年没有吃肉了。

插一句闲话。有专家说，猿人的进化，和吃肉有很大的关系。换句话说，吃肉使人进步。

说起吃肉，想起这家女人

煮肉的时候，猪肉在锅里慢慢熟了，肉香从锅盖的缝隙处飘起来，满屋子的肉香。还有女人满足地切肉的样子。

如果女人是左撇子呢？在北京见纳托切菜，她是用笨拙但有些执着的左手的。右手看惯了，流水一样，换到左手，一切都是逆行的，似乎整个世界都颠倒过来。某幅油画上，画家画了左撇子修鞋匠笨拙地拿着剪子，其实那只是我们的感觉，修鞋匠自然是极其娴熟的，不然连一口饭都混不上！可是我有些疑义，习惯了"右"的我们，左撇子的修鞋匠，怎么修呢。

5. 回到前面那一家

冬闲，农具在柴房里歇息着。镢，头是宽的；耙，是有齿的；镘，头是尖的。木质和铁的本色已经看不出来了，已经浸透了泥土。稍稍远一点，搁在地上，全是土色。农具上的土色，显现了劳作和磨蚀的时间。和农具的土色相比，庄稼收获的时候，成熟的色泽，也是接近于土色的。土色实在是包含了太多，人生于斯，亦安息于斯的土啊。

柴房里挂着的，还有一些裁细的皮条，是用来捆扎连枷的。连枷很久没见了。连枷抡起来"哼、哼、哼"地落地，打在麦穗上的声音，在暮色里叫人安稳而满足。"日出而作，日入而息，帝力于我何哉！"先民说得真正好。

柴房里也有用旧了的柳条筐之类。柳条这东西是奇异的，似乎天生就是为了编制各样用具而来到人间的，真可谓"苍天有眼"。它的轻、韧性、耐用，几乎没有别的材料可比。腊月不是编制柳条的时候，但可以想象，柳条以它的柔韧，稍稍抵抗，转眼之间，就顺从地变成了一件物什。

老嫩柳条的用途也不一样。当年新发的柳枝叫"嫩秧子"，可以一劈两半，"嫩秧子"的柔软，可以像绳子一样，这里最寻常的是用来捆扎药材，比如当归、黄芪。"嫩秧子"长到第二年，叫"二把条"，"二把条"结实了，可以编盛东西的柳条筐。再老，指头粗细，又劲道了，就能编抬土石方的大筐了。

灶房门口的柱子上，我还见到极精致的草编家什，主人说是糨糊刷子。这种草极细，十分柔顺，顺着理成一绺，修剪整齐了，用绳子扎住，就是一把刷子。这刷子是蘸了糨糊用来抿袼褙用的。这草也用来扎制笤帚，小的，草一律弯弯的，扫炕的那一种。草没有名字，细密柔和温润，草褪色以后的浅绿，也将好是女人们手里的家什，有点乖巧的好看。那样淡然、寂然的浅绿，有点旧了一样的绿，几乎是一种味道，一种姿态，难以形容的雅致、温暖。这草也如同女人细密的心思。用作编织的草，太嫩的容易折断，要稍稍老一些，这也就相当于草老了。

人生一世，草木一秋。草木其实是和人一样的。

面对这些草，忽然想起一个朋友的话，"生灭不已中，应坦然于后者的到来，对一己之执着尤不需惜留"。"坦然"和"不需惜留"，透彻是透彻了，可还是有些执着，甚至有些壮烈的断然。一切应该是轻盈的，即便是沉重的石头，它的"心"都应当是轻盈、顺从、舒展的，有如这些其实并非无知无觉的淡然的草。

在这家还见到两把小巧的铲子，主要功用是铲野草，以它的小巧不会伤及秧苗和菜蔬。但这样东西实在太耗力了，人得蹲在地里，年纪大一些女人，撑不住，干脆就跪在田里，叫人看着有几分伤感。

灶房的门开着，将好在逆光的角度，松木门板的肌理十分清晰。岁月销蚀了木头柔软的部分，坚忍地留下的，是在寒冷年代缓慢生长的坚实的部分。那坚实是历经了磨难的，它们裸露着，似乎人的肉体里隐藏着的骨头，终于给人看见了它的真面目。

太阳能灶正烧着水，正午太阳毒的时候，力量是可怕的，积聚起来的炽热的白光，呼呼作响，灼人到不敢看。烧水的铝制壶底嘶嘶地冒着一缕白烟，壶底似乎瞬间就会给烧穿。

羊吃饱了，五六只黑羊，并没有人管理它们，它们是自己吃饱了，转悠够了回来的。见院子里有生人，警觉地停在院子门口。羊进来的时候，躲着生人走，但经过主人身边的时候，却是挨着自己的身子，十分安详。看起来憨厚很是慈爱的主人，但是这些羊信任的人才真正是要出卖或宰杀它们的人。狼和羊的故事，竟然是人编的，奇怪！狼要是知道人编了这样一个故事，会笑得背过气去。

门口那间屋子里有喂牲口的槽，看起来相当笨。有些地方用石头凿成槽子，其实石槽是更笨重的。这里石头稀罕，只能凿木为槽。直径近两尺的原木，虽然中间要凿出长方形的槽子，毕竟比制作石槽省不少劲。看这样笨重的槽，发明塑料的人会觉得匪夷所思。

槽是在背阴屋子里,满地马粪,潮湿湿的,有一股子青草发酵后的味道。从磨损上看,有几十年了。它最先饲喂过的那些牲口早就不在人世了。我没有见到这家的大牲口,也许和羊一样,出去转悠了。

6. 村里

路边是蒙了灰尘的柴,但不会有人随便动,除了柴的主人。似乎这也是禁忌,祖祖辈辈,谁都知道谁。放在路边的东西,似乎也在那家的院子里。随我在村子里转的人说,公家的东西,就难说了。为什么公家的东西就难说呢?从前,公家的东西也是没有人动的。

空地上,两只猪崽阳光里懒睡着,一脸幸福。猪也是生着一张脸的。

一处树枝很低的地方,怕过路的人碰了头,有人在低矮的树枝下面,拴了一只鹅黄的女人拖鞋,过路的人并不在乎,走到这儿,头一低就过去了。

河边,有废弃了的水磨坊,磨坊的板壁上有墨汁的遗迹,依稀可以看出是"打倒刘少奇!"。"大"和"可"之间格外分得开了些,似乎写字的人那会儿有点儿心不在焉。那个时候也有人高度紧张写错了的:比如"打倒毛主席!"。自然是不会写完的,刚写了半个"毛"字,就给人五花大绑拧走了。

家家大门,都开在西南角。大约是风水的缘故。可风水的背后,总是实用。经过村子常年的风向,一定不是朝着西南的。开在角上,似乎还有一个好处,就是并不妨碍在院子四边盖房子。

一本风水书里,记载日本一个寺院的门也是开在角上的。据说是因为寺院的主持在一次门派之争中失势,心情郁闷,有意为之。这主持倒是颇有个性,甚至是可爱。来参拜的信徒,习惯了从正门进入,猛然间从这么一个角门进去,心境会是很奇怪的。

附近山坡上有堡子,看着不高,可还是叫人气喘吁吁地爬了半天才上去。现在的人在体力上几乎废了。堡子是用来防患的,只是不知道这里的叫法,叫"跑土匪",还是叫什么?我的老家洛阳那里叫"跑反"。有人活不下去,于是"反了",反了的人急眼的时候,什么也不管的,于是才要有人"跑反"。自然也有守着某种规矩的,比如非大户不抢的所谓的"义匪"。思想起来,很少有人为了要过奢侈生活造反的吧。

堡子大到可以容纳几百人。命里运气的是,半山上竟然有水。《心灵史》里华林坪(就在我居住的城市)清军对回民的断水,是惨烈的。夺水,就是夺命！骚扰到这里的土匪大概还没有这样的力量，当然也是这里没有那么大的诱惑。自然，堡子里也会有枪，多则几十杆，少则几杆十几杆枪。所谓的"短兵相接"，看看这样的堡子就知道了。人和人相互的脸，凶狠和狰狞，白天日光，夜里火把，都可以看得清清楚楚。

堡子已经荒废了，后来政府派人种的树，也死光了，只有种树时候挖下的"坑"。看着遗迹一样的"坑"，叫人想到遥远，遥远的荒凉。

忽然想起颓废这个词，堡子确实也有些颓废。圆明园也有这感觉，不过那里更为荒凉，是强大王朝衰落之后的黯然神伤的荒凉。园子里走，神思恍惚的时候，觉得忽然会从哪儿走出来一位花容失色的公主，甚至是低着头脸色蜡黄的颓丧君王。

要走了，忽然想，在这一天里如此亲热的人，从此也不过是相忘于江湖吧。"曾经寂寥金烬暗，断无消息石榴红"。一生浪迹的惦念也许有，可不过是"也许"。给这里的人留了电话，可转念想，这里很少电话，没有特别的事情，是不会打电话的。没有音信，也就天各一方了。

2007 年

阳坝：旧纸片上的记忆

1

几页旧纸片上的散乱词语，已然忘了。偶然在旧书本里翻检到，细细看了，才恍然想起那一行悠游路上，信手记了些什么。大抵是几个词，一半句话，也有车上颠簸着重叠了，要细细分辨意思的。记的时候，似乎随意，也并不想着真要写成什么。这些只言片语，随手翻看着，似乎才给水慢慢洇开了一样，有些已然遥远，有些陌生了的那地方的气息，那些草，那些叶，那些花……想想也还有点意思，可是，整理不整理，是难说的。有时候，懒的，随手写下三五百字，千把字，就那么随手扔下，没了。没了，也就没了，也并不觉得可惜。

真正整理这些词语的时候，都两年过去了。四十开大小的几片纸上，略略有些褪色的蓝色墨迹，因了不知什么时候的潮湿，慢慢有些洇开，有些竟是有些漫漶了。那墨的意味，有些柔软、散漫，也有些就深入了那纸张纤维的肌理。

2

旧纸片上，我记下的第一个词是：隧道。

陇南一路山行，有隧道若干，虽然没有秦岭一带，某一二百里几乎一直是匿在隧道里一样。那感觉是压抑的，只是间歇的亮间，就有半明半暗的岩石在

车窗外有些粗粝地擦过。想起聪明的古人决不会修建这样隧道,行旅一律都是见天日的,沿着山势绕来绕去的自在,恣意,畅快,四时风景尽在眼里。但是转过就觉得自己可笑。古人哪里来这样力量,顶多是借一点怪力神乱,做愚公移山的梦想。现代人才达到了这样,但是依旧艰难,据说修建某条南边重峦叠嶂之间的铁路,要开凿架设许多的隧道桥梁,知道艰险,提前就悄悄物色了能够葬下数百人的安息之地。那去选择墓地的人,心下该是黯然的。

几年前曾经陇南的武都去九寨沟,已经住在文县,次日早上经碧口、南坪,几小时就可以抵达。可是半夜大雨,泥石流下来,且位置是在甘川接壤处,即便互不推诿,恢复交通,也在几天以后了,只能叹口气,黯然回转。

陇南的路,现在好些了,可即便这样,依旧不容易。每年七月至十月,是雨季,道路两边夹杂着石头的泥土,因为连绵雨水知根知底的反复浸泡,没奈何地不断坍塌。我见过这里的泥石流,巨大的石头在泥浆里泡沫一样地漂浮移动,翻转,似乎并不那么沉重。

3

隧道过去，境界开阔起来，人的心情也好起来。

透过车窗，梨花开了。雨打梨花深闭门。古人怎么能写出这样好的句子？自然，那样的好句子，需要梨花，需要雨打的闲，需要幽静，山中无岁月，才可以闲闲闭了门的。现在，是不可能了，人要敲上门来。再要幽静的人，也离不得人。何况，也不会有那样幽静院落。

梨花连绵，看得多了，细辨有不同色泽，白的，极淡的粉，粉红，中间有多少深浅。时序稍稍迟了些，有些梨花，看起来是色泽是有些"木"，少了些水灵的。

细细盯着看的时候，忽然间，一只小鸟，影子一样陡然飘过来，几乎就要撞在汽车的挡风玻璃上。纸片上我记着这样的句子：汽车无法刹住，只能顶着豆大的冷冷汗珠。我见过给汽车挡风玻璃撞死的小鸟，"闷"的一声，霎时就绽开、擦过一朵玻璃红花。可是这只小鸟，"倏"地闪了过去。汽车顶着豆大的汗珠，是我的想象，冷冷的。我也有些冷。那一瞬，心里抖了一下的冷。又紧又冷。

柳树正绿着。柳树绿得很早了。我见过柳树叶子的芽，还没有转暖时候，因地气的暖，芽在深紫色的枝条上"努"出来的样子，是有一点嫩红的，似乎胭脂染了。也微微在芽的边缘有一丝丝隐隐的嫩绿。

路边树木，一律齐整，齐整到难看。一个标准。以前是自然生长，散而不乱有序的，满坡的树，野气恣肆，一个个乡间，虎虎有生气的人的样子。

弯道一侧是河水，恰值水浅，露出许多石头，叫人忽而想起古人那句成语：水落石出。那种原语言一样的呈现，叫人惊骇。似乎古人和现在的人在语言系统上是完全不一样的。古人很容易就借着物象，揭开浮世的秘密。

行旅书
The Book of Travels

　　季节正早，但是地气正在苏醒，转换。大地积蓄了一冬的力量，慢慢将地气收敛在一起，舒缓地展开。作为大地的一部分，泥土除了吸收水分、一些养分，一定还有我们所不知道的某些不可知神秘成分。真的，泥土孕期一样，沉默寡言，但是渐趋丰满。泥土的孕期缘何是冬天？雨水会惊扰大地的安眠，只有雪天才安静静的，泥土才能休养生息，才能孕育。和女人唯一不同的是，新的草叶是从去年死去的草叶之间滋生出来的。死的草叶是柔顺的，没有一点挣扎。是美德，美的死亡。

4

到达康县，已经是晚饭时间。顾不上歇息，再走阳坝。天麻麻黑才到这一行的终点梅园沟，已是晚上八点了。

梅园沟停电，才懊丧，转而又觉到别样的趣味。酒家点上蜡烛，恍惚之中，见店堂竟然是用不规整的整根木头搭建的。发乎自然的好。店家是不懂这些的，只是随意，山里木头多，用就是了。

店里第一次吃鱼腥草。果然有鱼腥味。奇怪，为什么一种草会有鱼腥味？世间没有一样东西是没有道理的。鱼腥草的秘密是什么呢？难道是为了抵御食草动物的"过屠门而大嚼"。也真的是这样，这草，羊也是不吃的。人吃这草，从什么时候呢？只是忘了问店家。

烛光朦胧里，上一种面食，说是豆花节节面，听起来十分诱人。可是真正吃的时候，只是豆花的清汤里下了些切短的面条而已。豆花的豆腥味，一点盐味，就是全部的味道。甚至里面没有一点菜。豆花的素，加上它的豆腥味，是一定要用味道压住的。其实不用复杂，原样的东西，加上些油炸过的辣豆瓣酱，一些青菜，味道会大不一样的。并非不会弄，店家省钱罢了。其他几样菜，有腊肉，随便和什么青菜炒在一起，都十分好吃。

新鲜的是，野菜十分多，店家女人说，随手从外面抓来一把，洗了就可以下锅的。

5

晚上住的地方,是沿着山坡的几间简陋木楼。

望山坡上走的时候,借着手电,看见草丛里一只堪称硕大的蟾蜍,大到即便是用脚都不敢去触动它。想起某人写过的,在云南插队时候,在山上见到一只蟾蜍,大到有小桌子面那么大,惊讶地以为是见到西王母了。

电一直没有来。晚上,有人方便,模糊之中看见什么动物伏身在木楼一边。我出去的时候,同样不敢走远,只是在近便地方,一边急急,一边支着耳朵,听着身前身后动静。

窗外,有一只什么?听起来是一只马蜂。回来后写诗《山崦之旅:阳坝》:

天黑得早。

木屋外面,远处,听不清什么动物在叫。

冷意索索的纸窗外,"嗡"地一下,

"嗡"地又一下,

那么好听,那么有生气。

我猜想那该是一只漂亮的野雄蜂。

木屋背后,那边,据说

植被茂密杂乱,遮天阴地,山路崎岖,

好多年都没有人去过了。

是呀,好些年都没有人去过了,

更遑论一个旅人。

6

早上，起来迟了，有些后悔，因为已经有人从山上下来，说在某农家喝得好茶。有雾，空气极好，湿漉漉的，收集起来，成了水滴，说是甘露也不为过。陇南出名酒，金徽，这样地方不出好酒，才怪。

半山也是有亭子的，可以饮酒饮茶的那一种。

整个早晨，四处弥漫着草叶、露水、雾气、泥土和石头、腐叶和新叶的气味。沈从文写过：黄昏里是虫子的气味。而这里，是早晨。无比新鲜。

空气，真好。有乌鸦呱呱叫，也很好听。

白天的方便，是可以上山的。半山一处，简单一处木板和草帘隔开的，即是茅厕。

梅园。并非有梅，而是梅竹。上得对面山，半山是竹子，齐刷刷三寸左右粗细，拔地而起。绿色的竹竿上，是淡墨色的斑点，谓之梅。北方之地，少见竹子，竹子的绿，拔峭，整个叫人神清目爽。奇异的是竹根，四处拱着，蹭蹭地，满地都是，叫人感觉无穷力量，潜在的，在地下早憋了太久。

山路一边有七角枫，九角枫，十一角枫。不信，仔细数数，果然全是奇数，感叹当地人观察的仔细。分明又不是枫树，但是叶子像罢了。但是，和法国人类学家施特劳斯观察的某些土著人相比，实在不值得一提。那些土著，可以轻而易举地说明白他们生活的土地上几百种植物的茎叶、花朵和果实的颜色形状，以及它们的食用和药用。

见猕猴桃树。枝干、叶片也似它们的果子一样，有些"毛"。

见玉兰树。走过去，地面是那么长的去年的落叶，竟然有一尺半那么长。踩上去，脚下的感觉是不一样的。见过画家们画的玉兰，水墨的，但是没有人画过玉兰的叶子。唯金冬心是可以画的，依着他画梧桐叶子的那样，大笔过去。

玉兰树真是高大，玉树临风，加上大的叶子，可以用宿墨渴笔的。

7

一家有小石磨。知道是浸泡好了豆子,从石磨的一个小眼添进去,转动石磨,磨碎了就是,可还是好奇,去细看,只是遗憾没有人在那里磨豆子。

石磨一侧，是一个向下斜着的木槽，磨好的豆浆，就顺着木槽流下去到一个桶里。木槽很久都没有用了，满是灰尘。大约要用的时候才会清洗。说回来，这样的地方，只是很少的一点灰土，脏如何来，一瓢清水就够了。

快到采茶的时候了，据说茶树从种到可以采摘，大约需要八、九年时间。八、九年，多大的耐心。

一株小竹子，枯死了，只余几十片竹叶，枯干，薄薄的，半透明，有些斑驳的黑色在叶子上，似乎文字。

仔细看了油菜花，未开的时候，是白色，要全部展开了才是金黄色。

这里另有海棠。海棠花五瓣，粉红色，花心部分的粉红色稍稍深一些。

一路在观察各种植物，发现水墨画里，老树的叶子，是可以画得"秃"一些的。

一边的溪流，水流冲刷着，对照古人画石法，石纹有披麻皴、斧劈皴。那些石头，有些像是"古代的石头"。古人的观察是有道理的。现在的人，似乎和自然没有关系了。

8

再次观察海棠花瓣。发现花瓣是从瓣尖开始干枯的。干枯的色泽，是浅浅的棕黄，和人的老是一样的，从脚和头发。

海棠花蕊，我仔细数了，有二十二根。

花的落，也是"忽"地一下，离开了枝头。飘，借着一点风，悬浮在空中，又"忽"地落在水面上。落花有意，流水无情。花的落，也一定是有些声音的，我们的耳朵听不见。

那些落在地上的叶子，黑腐了，才愈加见得新叶的欣喜。

有个别的落叶，黑油油的，似乎"活"着。

也有某些去年的树叶，给去年的虫子蚕食后，如破旧丝网一样。原来虫子也是这样挑剔，嘴边的食物是要挑剔的，稍稍有些叶筋也是不肯吃的，所谓的口感不好吧。

路边的树上，有死在树上的旧年叶子，轻飘，没有任何气味，也没有欲望，于人世显现着"树世"的漠然。

杂树之间，时见老藤横亘，有几分霸气。暮年的霸气。

不知名的树，淡绿的叶片上，有或多或少的一块块斑红，斑驳，斑红满了，叶子就全是红的。

另有一种花，花瓣呈十字，色白，花瓣极细。花的蕊比花还要纤细，淡淡紫晶晶的，透明，细到人几乎看不见。

同行的人，四川人，那边气候和阳坝相近，告诉我，路边有牛皮菜。叶子大到数尺，且肥厚，坚韧。

去一家买蜂蜜。一个男人俯身从一只大柜子里面提出一只罐子。里面的蜂蜜，黏且稠，且夹杂着死去的蜜蜂。

9

农家吃午饭。简单的饭。炒鸡蛋，黄黄的，油汪汪的，平日里谁也没有想着单单炒了鸡蛋来吃，但是，炒鸡蛋真香。

还有腊肉，肉味甚浓。微微的一点麻香，花椒味的。

这里偏僻，还是过去的习俗，屋子中间是有火塘的。简单几块砖石围一下，就是火塘。火塘上面，顺着看上去，是一根垂下来的铁丝，铁丝一端拴着烧水的铁皮水壶。烧的还是柴。那些烟顺着爬上去，屋顶就黑乎乎的，要仔细看了才会发现，屋顶上挂满了熏得黑如墨炭的腊肉。

有人买腊肉，主人沿着一架梯子上去，接着，"嗵"地一下，一条腊肉就沉沉地跌在屋地上。接着，"嗵"，又一条。似乎是有些恼怒的猪的肋条的牢骚。

10

去红豆谷。路上见一粒红豆,没想着去拣,心想红豆谷必然有无数的红豆。及至到了,才发现几乎所有的红豆早已经给人捡拾干净。先我而到的人已经早早动手,人手里执着木棍,在厚厚落叶里面翻腾,直如扫荡。谷底和生了红豆树的半山上,四处有人。我低头四顾,一粒不见。

这里的红豆我回来查了一下,学名叫南方红豆杉。红豆和我以前所见不一样,大,没有心疼的小黑点,也要扁一些。

一会儿,内急,去半山上洒脱,落叶极厚,逾尺,洒脱的水声,飒飒的。

空手而回的时候,心里有鬼,早早走在前面,心里惦记着那粒来时见到的红豆,细细寻觅过去,但是再没有见到。

在一个路口,见村民卖红豆,两角钱一粒,但是我不想买。他还告诉我,村子里有人存着半口袋的红豆。怪不得。

有趣的是村边游荡的公鸡,简直是超级大,雄赳赳的。

也见到小羊。记下这样的句子:

幽静山谷,是陌生的。

青涩的石头,是陌生的,如同处女。

挨个踩踩的小羊,也是羞涩的。

那细小的腿颤抖的关节,青草一样生嫩。

见到漆树,知道漆树有毒,不敢去触碰。

银杏王。在路边小村子里。说是近千年了。也确实是高大。离得近了,人就给整个笼罩,压住了一样。太古远的树,总是会叫人想些什么的。历史是些什么,不过是从这树下面走过的。

11

  返回兰州的路上,去看著名的汉代摩崖石刻《西狭颂》。摩崖石壁,铁一般,现代人已经没有办法达到那样的气势了。一千多年时间的磨砺,积蓄了多少日月风雨力量。忽然想,汉代的石刻,得了汉赋的气势,却舍去了汉赋的繁丽。

  天暗了下来,想起意大利诗人塞尔瓦多·S·夸西莫多名诗:

每一个人

偎依着大地的胸怀

孤寂地裸露在阳光之下:

瞬息间是夜晚"。

真的,瞬息间就是夜晚。

2008 年

洮州手札

九月二日

田里就剩下洋芋了。土色有些暗，高寒地界，晴朗时候，天蓝云白，明亮到晃眼，可是泥土和岩石都是暗色，似乎那样的明亮，一定要深沉衬着，才稳当了。

微寒的泥土里安睡的洋芋，待地面上的枝叶再倦怠一些，隐蔽在土里的根须老了，再也没有力气养育它们，人就可以把它们挖回去了。人将这土里的挖了出来，各样的吃法吃下去，所有渣滓又都回到土里。最后，人自己也回到泥土里，想想，是很奇怪的。认真抓起一把土，手心里捧着看看，不知该说什么，也并不想说什么。转过身只是想，也幸亏有这泥土，不然，万物哪里去呢，人哪里去呢。

这里人吃洋芋，多是煮了，白着吃，蘸点盐的也有，再好点是蘸点辣椒面。也有后来酒店里面子讲究的，煮熟后，切成一牙一牙的，过了油，外面炸酥了，蘸上辣椒和盐吃。

最好的吃法，是一位洮州人写的："下了雪的时候，家里人就会说今天做一锅洋芋蒸菜吧。像是给自己说，又像是给媳妇说。会听话的媳妇自然领会这话的意思，悄声地出去钻进窖里掏选洋芋。"有这样媳妇的人，才是幸福的。

洋芋蒸菜，要先把洋芋擦成细丝，淘洗了，拌上面粉，撒上盐、花椒面、辣椒面，富贵点儿的再加上炒熟的肉丁，一起在笼里蒸上十来分钟。起锅后，再用菜籽油炝了野葱花拌上。野葱花是奇怪的东西，近似薰衣草一样的紫色小野花，该是迷人魂魄的香，却是野葱味儿，仿若美好女子，近了却是粗服乱语。幸而是植物，且野葱花炝了的味儿，拌面却是十分好。

人的饭，其实怎么样都是好的，只要是热的，人捧在手心里，热乎乎的，就好。只要不是冰锅冷灶，没有别的吃的，干活回来，笸箩里没有馍馍，凉的也没有，就只有铁锅里的煮洋芋，凉凉的，一口热水也没有，人拿一个，呆呆地吃，不想也没有力气说话，只要不这样就好。再怎么样，一个家，哪怕什么都没有，只要有热乎乎的人，热乎乎的话语，怎么都好。

油菜籽也都收过了，秆子一簇一簇地戳在地头上晾着，有些已经枯干了，也有不同的色泽，淡黄，和近乎惨白，似乎先前有绿色的血液，给抽去，失血一样，剩下了衰败了的枯白色。

曾经裹着油菜籽的豆荚，窄窄的，干枯的缘故，摸起来十硬硬的，边缘犀利，似乎会将手指划破。豆荚上，可以看出一粒一粒的鼓凸。若是新鲜豆荚的话，可以隔着柔软的豆荚一一摸出那些菜籽。水墨是可以画这样豆荚的，淡墨，稍稍的枯笔，那些豆荚上的鼓凸，用矾水一粒一粒点了，一笔擦过，就透明地显现出来。这些干枯的豆荚，还有油菜的茎秆，密匝匝横斜，若徐渭那样的画家，痛快起来，几乎可以画到密不透风。

另一处，见到青绿豆荚。剥开，里面是两排菜籽，中间絮状的软膜，怕菜籽相互硌着似地隔开。不解的是豆荚的尖，长着一个若犀牛角也似的尖。这个尖做什么用呢？也许是为了避免豆荚干燥之后过早的裂开。

麦子也已经收割了，剩下的短短麦茬，虽然枯黄，衰败了，可还是有几分野性。地气还没有彻底凉下去，也就有野草生长。也许，那些野草本来就生长着，

不过是给麦子遮住了。可是,现在的裸露,显得孤零零的。天气就要凉下来了,这些野草也不过是短暂生长,九月了,很快霜降,不过是生长一阵子。这些野草匆匆的生长,为了什么呢?人生一世,草木一秋——这些比人生更短暂的草木,叫人无言。

田埂上的苦苦菜也老了。嫩的时候开水一焯,凉拌了吃。可是现在它们老了,没人注意它们。老了,也似乎逃离了这个世界,一脸无畏的样子,也有点老丑……有点无知、无赖,你奈我何。老了的时候,该成为隐者,其实是有道理的。这个年纪,若没有超然智慧,真真就是叫人生厌的老丑了。川端康成那样的人,海明威那样的人,都是不能忍受老丑的。两个人的遗世,密闭,或酷烈,不一样,却都无疑有这个意思在。

大片的田地,都耱过了。这会儿田里荒凉无人,可是知道那耱,马或骡子拉着粗柳条编的耱，人站在上面，一溜过去，大的土疙瘩就都碎了。这儿也还有些碎的小土疙瘩，可是整体看起来松软、平整，若一个人梳洗了，安安静静躺着，歇着，要好好歇一个冬天，一直歇到初春，大地痒痒的，痒的躺不住了。

歇着的，还有那些农具，磨损了的农具，和人一样，农具也会慢慢变老。那些木头的构件，因为反复的受力，日晒雨淋，而发生了变化，弯曲，若老人的佝偻，表面也人脸上的皮肤一样，满是皲裂的皱纹。

偶尔，也有一块秋收过没犁过，更没耱过的地，僵硬硬、生冷冷的，生着稀疏的矮矮的野草，给人遗弃了一样。

一块块地其实也是不一样的，认真琢磨，它也跟人一样，有自己的命运和癖性。

田埂上不知名的灌木、野花草，不想问人，也无人可问。问来的话，也是这儿的土话，那个土名字，写来也没人知道。后来一个人说其中一种，叫"羊奶头"。那植物的果子，跟羊的奶头有几分相像。

一种，叶子像月季，但是略小，叶子边缘也是细细的锯齿状，果子像小辣椒。真希望它是辣的，煮一碗面，随手摘几个，切碎了，有点醋和盐，就可以拌一碗面吃。

一种，深红的小果子，密匝匝的，觉得熟透了，会有点酸甜，想摘一个尝尝，却说是有毒。想起小时候，在一片野地，不知道误食了什么，迷瞪瞪摇晃着回来。误食的果子，也一定是好看的。

路上有一簇簇的粪蛋，知道是马和驴的。同行的人问我，以为驴的粪蛋要小一些，却错了，人说马的粪蛋却反而小一些。有些不解。

粪蛋有圆滑，也有略略散开一点，露出里面发酵了的青草的。阴湿天气，空气格外清爽，甚至有些甜丝丝的，粪蛋的味道就格外浓烈，却不嫌弃，甚至有意识吸了一大口气，细细分辨青草发酵的微微发臭的气味，甚至想牲口先前吃下去的青草野花会是什么气味。

要下山了，远远看，那些新建筑的形色怎么也跟这里地貌不谐调。过去的那些民居，尽管旧了，有些破败，却有如从这里的土地里生长出来那样。

下山，经过一座小村子，许多家的大门上都悬挂着瓶子。问村里人，说是"禳"院门的。没听清这个字是哪个字，回来查了，才知道是这个禳字。偏远地方，才会保留用这样古僻字的习惯。瓶——平而已，可是这儿的人心理上是需要的。出门进门，看看，心里才是安然的。

见到的都是老人和孩子，没有青壮男女，有点凄惶，显得村子里单薄薄的，没一点儿生气和分量。秋收时候，青壮们才会回来，之后，又候鸟一般，飞走了。飞走的时候，心里是幸福温暖的么。

想这儿的人，一个人若永远待在这村子里，不出去，永看不见外面的一切，会怎么样呢？如果能丰衣足食，或简而温饱，一生会面相平和，一切简单，就在这儿生老病死，多一分的事情都不必知道，内心里会有更多安逸的吧。老子说："五色令人目盲；五音令人耳聋；五味令人口爽；驰骋畋猎，令人心发狂；难得之货，令人行妨"，自有他的大道理。这世界不一定是要往前走的，停下来，横着走走，安然，自给自足，不好吗。人真的需要飞那么高，跑那么远么。

站在村子里，回头看，山环护着这儿的田野，田野环护着村子，村子环护着这儿的一辈一辈的人，就那么春夏秋冬，风吹日晒，生生死死，有什么不好呢。

九月三日

毛毛细雨，下了一夜。这月份多雨，人也习惯了，下便下，雨都不甚大，人也大多不打伞，就那么在毛毛雨里，不急不慢走。

毛毛雨也有更细微的时候，所谓的牛毛细雨，逆着光，才能细细看见。亮亮的丝也似的飘飘忽忽细雨，也不过是衣裳稍稍潮了。要半天，人刚醒悟过来一样，可是已经迟了，真的，湿了，透了，来不及了。

换了衣裳，跟人去黄涧子走走。毛毛雨不下了，可是天阴着。路上，一个村子，叫洪家庄，还是什么。三个老人坐在屋前长凳上说话、抽烟，一脸的宁静。要宁静的缘故，给人幻觉，仿佛一直看着，竟然能看见他们的一生——生老病死——听见那些喜的唢呐，哀的唢呐。

路上有老太太背着背篓，里面是捡拾的柴草。燃料缺乏，煤炭很贵，烧火做饭只能满山遍野去找柴草，有什么烧什么。那些柴草捡拾了回去，烧了炕，做了饭，依旧回去了，才是好的。

后边的人没跟上；等着。下了车，见一边浅浅小溪，有四五只鸭子。仔细看了，才知道鸭子真是会干净洗澡的。鸭子的嘴，在溪水里噙了水，在羽毛里含着水啄来啄去地清洗。这一口水洗完了，再噙一口清清溪水，再啄着清洗。鸭子是那么有耐心，把身上所有地方都一一啄洗干净了。

干净了，才慢悠悠把头转回来，把嘴埋在背上浅浅的洁白羽毛里，静静的，若想些什么。

也有卧在浅浅溪水里的，安详的样子，若睡去了。

看着鸭子，想，若这些鸭子一生就在这里，嬉戏于溪水，相伴着，老去了，也是幸福的。

到地方了，沿原始森林一条路，木板铺就的栈道走。这地方，若不是人力有意为之，铺了栈道，来这儿的就只有当地几个挖野菜、捡拾松子、灵芝的村民。老天把那么多的地方藏了起来，满世界的藏，天下之大，也不过是留出一点儿给人，给后人，人得记住，一辈辈就只能那么一点，得留给后人。这样想着，心里惴惴的，下脚轻轻的，怕惊扰了什么。

才下了雨，栈道有些滑，几次要滑倒——也终于滑倒了。爬起来，心里知道，老天是不让人这么来的，这地方是老天留给千百年甚至更久以后的人的。

一路满是茸茸的草，碧绿、鲜绿若水洗过，见不到一丝土。高寒地方，冷意索索，却竟然是南方一样的浓艳的绿，逼住人的眼睛。若南方的绿是暖的，这儿的绿是冷的。

九月，快要冷下来了。真正冷的时候，树叶黄了、干枯了的时候，下雪的时候，这儿什么样呢？没有那样的福气。真正冷的时候，还不到下雪，这儿就封山了，人是不能进去的。那绿呢，白雪皑皑下面，还在么？

有偷偷进去的人么？一定有。封山了，打猎的人，会偷偷进去。大雪后，动物会留下可以追踪的痕迹。十几年前，曾去另一处的一条沟，吐鲁沟。进得深了，遇见深沟里采药的人，那人说，快转回去吧。再往前，再走，几年前看见一个人的完整骨架，衣服还虚虚地掩在骨架上，是迷路的人。听这话，心里骇然，赶紧往回。这儿也曾发生过这样的事情么？一定有，不过是没人知道罢了。

也看见极厚的一丛一丛的苔藓。有苔藓的地方，空气更加湿润，叫人忍不住使劲呼吸，似乎要经过那样的呼吸，新鲜的空气才能直接就透过了人的肺部。那空气新鲜得让人有点不适应，人要过一会儿才觉出湿润润的舒服。呼吸这空气，觉得自己是那么的不洁净，整个的内里，都是污垢。这样一个人，也只能写这些文字吧。若在这儿生活，生活很久，一切都洁净了，能写出什么样的清水般的碧绿碧绿的雪白的文字呢？

栈道已经铺了好几年了，因为雨水，松木板有朽了的地方，只能下去走。有点不忍踩下去，可还是得下去。落脚，多年的腐殖土，一层层的落叶，脚下极其松软。

偶尔有倒下的树木，已经朽了，雨水洁净的缘故，朽了的树看起来新新的，还是干干净净的木头的色泽。知道是朽了，只是在那里，松散的，灰一样，要慢慢消失。这树木是幸福的，没有给人伐了去，锯开了，做成什么，再涂了难闻的油漆，只是在这儿朽了，倒了，睡下，一点一点，也不知过了多久，才怡

然在混合着朽了的树叶的泥土里消失了。那写树叶的气味，好些不同树叶的气味，倒下去的树木是多么的熟悉。也真的是可以睡了，大梦悠悠，一直睡到另一个可以重新醒来的时候。

树林里，不知哪儿，有谁唱："爱过的人已走了，恨过的人已老了，陪过的人已死了，剩下我，多么苦"。嘶嘶地就揪住了人的心。

满山的松树，也就有松子。有随意不拘多少卖蘑菇、木耳、松子的村民。没人买松子，抓一把吃却是可以的。一会，又有人过去抓一把；一会，又一把。抓的多了，忽然看着卖松子的人就不好意思地笑。那人也笑起来。想起沈从文写橘园，路过的人问卖不卖，因都给城里人买了，等着船运，也就说是不卖。可是路过的人不敢吃，种橘的人却是要生气的，随意摘了吃却是可以的，说是水泡泡的值什么。

松籽，人告诉说，吃多了，第二天会口苦，吃什么都苦。没有理会，想着，苦就苦吧。那么远来，苦就苦一回，也算是难得。

下来，回头看看，想起古诗：松下问童子，言师采药去；只在此山中，云深不知处。写得真好。

回来后，果然口苦。开头忘了，以为是食物的味道，转天忽然想起来，原来是吃多了松籽。那种苦，是弥漫的，说不清，仔细想了，该是来自松籽的皮，涩涩的，是木头的那种苦味儿。苦得也真好。似乎时光忽然回到了很久以前，土的味儿，石的味儿，野草的味儿，都有。人的身上呢，尤其是女人，要有这样味儿，该有多好闻。闻过了，慢慢回来的，叫人回味的，是那种不能说清楚的香。想想，自己是闻过，不能忘了的。

也想起在那儿吃的苹果，也是生涩的，未酿的一样。那样的苹果，很多年没有吃了。常吃这样的苹果，也有别的果实，好多野果，知名不知名的，是会有满身生气的。现在，满身是熟透了的味儿，转瞬就衰败了的污浊味儿。这世界，怎么已经这么旧了。

九月四日

早上，说太早，怕冶海冷，迟一点去。

看这儿的书。知道农历，正月十四、十五、十六，这儿有三天的扯绳。扯绳，每晚三局，三天九局，一决雌雄。

扯绳最早是明代的屯军，无战事，闲着无聊的时候，士兵的游戏。《洮州厅志》记载："其俗在西门外，以大麻绳挽作两股，长数百十丈，另将小绳连挂于大绳之中，分上下两股，两钩齐挽。少壮咸牵绳首，极为扯之，老弱旁观，鼓噪声可憾岳，为上古牵钩之遗俗。"

现在，更是声势浩大，最多的时候，两边加起来竟然有上万人。中间的主绳已经换成近六寸粗的钢缆，两边同等粗的绳子加起来长到近四里长。有人估算，重量差不多有一万六千斤。

日子到了，人蜂拥而至。为着人多，两边主绳上分列拴着二连、三连、四连，最后是尾连，也叫双飞燕，人一律牵满了。这要到傍晚，明月亮升起，鸣炮一声，霎时间爆竹声哨子声呐喊声硝烟尘土遮天蔽月，青壮年秋后歇下的力气都攒在这儿，要使了出来。没有人测算过这根主绳承受的力量，若一万人算计，每人一百斤的力量，就是一百万斤。这场景，人说不得，只是，好看！罢了。

不知道主绳和两边绳子如何连接。说是用木槌将桦木的木楔子砸进去就连接好了。可真正是怎么样的呢？这个点，受力极大，必须连接的极其坚固。民间有一些匪夷所思的奇异方法，这绳子的连接必有叫人惊讶不已的奥妙。所谓科学，有时候在民间看来，太循规蹈矩了。

在镇原屯字，见过用麻刀泥盘炕的方法。砖头围起来的炕圈，里面鼓形地填满土，在这土的上面抹上麻刀泥，形成炕面。待泥干了，从下面留出的炕洞将炕面地下的土掏出来，再在里面架上火烧，将炕面烧成坚硬的陶。这样的方法，科学怎么能想到的呢？

再去的时候，若可能，一定要看看那根主绳如何连接，要认真摸摸，摸过了那个玄妙关节的手，写起字来，一定会有奇异的力量吧。

上午去冶海。很多高寒地方都有这样的湖，藏地尤多，真是奇怪。也因此，这样的湖都有神圣意味。曾有藏民用雕有佛像的印版，在湖面上一下一下地虔诚地印。淼淼水面上，一定是印了无数佛像，层层叠叠，永不消失。看不见感觉不到，只是那个人心里本来就没有。

坐船地方，一个人在桌子上的塑料布上算账。写了，算了，擦去。接着写，接着算，算了再擦去，满指头蓝蓝的。想起静宁见过的那个卖肉的胖子，在胳膊上记账。

同行的人，摘来若槐花大小的蓝色的花，叫尝一下。花是可以吃的么？禁不住，还是尝了，清香，微微的甜。人若一直吃这样食物，不吃那些酸辣，那些荤腥，会是什么样的呢？吃鱼和青菜的人，跟吃牛羊肉的人，各是一样。而吃鲜花、野菜、各样蘑菇的人，会是什么样呢？一定是不一样的。吃青草的牛羊多么温顺，吃松子的松树多么乖巧，不是么？

三年前，我曾写过一首诗，《鱼、土豆、无花果和清泉水》：

为什么没有人，一生一世

仅仅吃一种东西：

比如单一地吃鱼，

或者是土豆；

假如是一个女孩，比如

她愿意一辈子吃无花果，

一辈子都这样，

满身甜蜜、馨香！

这样的人，单纯地相安于一条鱼，

几个土豆，一捧无花果，清泉水。

甚至，我希望能有一个

只饮清泉的人。

以至于他们可以有这样的命名：

吃鱼的人，吃土豆的人，吃无花果的人，

喝泉水的人——这些洁净得

令人感动，也叫人微微难过的人。

卷二
萧瑟与安详之美

现在，没有这样的人，以后呢？难说。某些原始部落的人，饮食之简单，也许竟然真是有这样的，一辈子只吃很少几中食物。现在人的另一面，也在亲近回归这个世界，以后，也许，真的会有。

忽然，看见一只黄色有斑纹的鸟，比寻常的鸟大，比鸽子小，知道的人说是啄木鸟。第一次见啄木鸟，欣喜，站在远处看，不敢过去，看不够，生怕它飞了。跟教科书上的啄木鸟不大一样，头上有王冠一样的羽毛的缨子，浑身黄亮亮的。真是好看！

野李子颇多，几乎是从李子阵里钻过去。得闭着眼睛，生怕那些枝条扎了，偶然睁一眼，野李子忽地几乎碰在脸上。

知道这酸涩，即便是太阳晒了微红的野李子，味儿也若少女的羞涩。羞涩这个词，真好。从街头报亭里，看杂志封面上那么大的字：轻熟女。真觉得悲哀。

这越来越快的就要疯了的世界。

伴着野李子生长的,是雏菊。太多的缘故,人经过,是扑面的清苦气息。依旧使劲闻闻,要让那些清苦浸透了。

也想起某年,几个人在乡下,摸黑去偷人家杏子。还青着,可是不管,卡啦卡啦从不高的树上摘。摘够了,往回走,才发现黑洞洞堵着路的一间巨大空屋,没有门窗,敞着,似乎有什么在那里等着,人一过去,就会忽地出来。几个人吓得不敢过去。尤其,又是偷了人家树上的东西。

下山路上,许多卖杂货的人。一个人炫耀地说,一个灵芝前几天给一个城里人卖了一千一百元。有些郁闷。大地赐给他的,该是默默感激,哪里可以这样。哪里该给了这样一个人。

见到洋芋焌焌。洋芋焌焌是把洋芋煮熟,剥皮,捣烂,调上切碎的葱和蒜泥,再炝上油,拌了吃。这家的洋芋焌焌却有趣,煮熟的洋芋直接搁在一个掏空了的树桩里,用一根木杵捣成泥。可是,不想吃。树桩里的洋芋焌焌,稀软软的,有点惨白,掺了水似的,冰凉凉的。要多卖钱的缘故吧,这家人生生把一样好吃食糟践了。还记得若干年前在陇南的文县,一家小摊上,煮熟的洋芋是用一只洗得极干净的啤酒瓶子擀的,透明的玻璃瓶子擀过去,微黄的洋芋黏黏热热的,看着就诱人。调上盐、蒜、醋和辣子油,叫人不能不吃一碗。

这儿的青稞,除了做糌粑,也可以做成铁锅巴。尺八的厚铁锅,添两碗水,柴火烧着。卷好苦豆子(一种植物的叶子,清香,微苦)或胡麻的青稞面,贴在锅边上。一大把柴草烧完了,水也将好烧干。熟了的铁锅巴,一面软一面焦脆。这烹饪法古老。最早的陶器,敞口的,也会用这办法加工面粉或淀粉类的食物。过去的猎人,也是在薄的石板上,用柴草在下面燃烧了"煎"食物的。

那样又笨又厚的铁锅,现在少见了。即便是在乡下。前一段回家,见家里烙饼用的小铁锅铲,四分之一磨去了。也想起从前家里的那把最早的铁锅铲,很小巧的，后来几乎给"吃"去了一半。

那样的生活，再也不会回来了。在平底的铁锅里用一把小巧的铁锅铲，烙一张葱油饼，铁和铁的声音，"擦啦"，和"当"的声音，油饼"噗"地翻了一个面的声音，现在已经听不到了。那样的葱油饼吃起来，鼻息敏锐的人，甚至可以从那饼子上吃出一丝丝"铁"的涩味儿。

这儿的人也吃麦索。新麦还没下来，人却都等不及了。青稞或麦子灌浆之后，麦穗稍稍泛黄时，就可以做麦索了。青而饱满的带壳的麦粒，先在笼里蒸熟，装在布袋里，反复揉搓脱壳，晾去水气后，在石磨上碾拉成条，就叫索状。麦索用炒熟的肉丁、葱白、青辣椒拌上，再调上蒜泥、香菜、辣椒油。筋筋道道的清香，加上香醇的肉丁，跟那些调味，怎么能不好吃呢。更有人习惯端着一只大碗，蹲在自家院子里，就着生葱，要吃到肚子胀。

麦索的背后呢，谁追究过呢，其实是饥荒。只是人想把这遗忘了。饥荒年代，所谓青黄不接，就是这个时候，大人心里是苦涩，甚或绝望的，不吃这个，人饿得受不住了，吃了，麦黄时候，收什么呢，还有寒冬腊月，一家人怎么活呢。还有麦种，拿什么留呢。

洮州人赵维仁有《天将雪》："天将雪，密云惨淡风栗烈，路南路北行人绝。雪纷纷，富家邀客酒同酌，贫家无薪衣又薄。雪渐狂，釜底昨宵已无粮。忍寒出门谋斗升，赤手归来身欲僵。雪不止，饮泣埋头犊衣里，大儿号寒小啼饥，四肢卷缩不敢起"。

其实很多东西，都是不敢也不忍细究的。忘了，也就忘了吧。只是不要全都忘了，偶尔想起就好。偶尔一想，才知道，该安心了。

还是九月四日

下午，去赤壁幽谷，所谓丹霞地貌。

先是四屏风，一屏，一屏，也大略匀称，共四扇。下午，光线简单，无多韵味，看起来不如有人拍的那张照片。一轮当空皓月，四屏风色泽益深了，神秘莫测。若带人傍晚来此地，伴以若风声的音乐，人的低语，感触是过此十倍的。

向前，又一角度，四屏风之一屏，若圣旨，因叫宣旨台。各地有许多此类，令人悲哀。所居地方不远，即有一地名叫接驾嘴。亦有一种酒，叫迎驾贡酒。叫人想起那位小个子的浙江人说的"做稳了奴隶"的话。想起某个法国人的话，说得真好，大意是法国是由作家、思想家、哲学家、军事家、逻辑学家、经济学家等二十五个人组成的。其中，没有一个是帝王。

帝王有何话？千百年来帝王们留下了几句像样的话？尤其中国那话，又是残缺不全的男人阴阳怪气念出来的，能有什么好话呢。

喇嘛洞。据说有真人在此数年。如此偏僻地方，修行后来竟然有多深，都无关紧要，只是那毅力，绵延不息的毅力，就叫人惊骇。从没见过这样的人，似乎也只是僧人的课业，与人无关，也秘不示人的。经由那些寺院，随处可见

的僧人里面，也许就有这样的人。有人说，某些高僧经由密宗的私授，甚至可以凭空而起，可那不是炫耀，是不得已的显现，为了点化众生。知道那几乎是另外一个世界，全不可解的。

去藏地的路上，不时看见一二百米半坡之上，有些仅可容身的小屋，知道那是僧人闭关修炼之处。闭关修炼者，数年不见人，只是读经、冥思。读经饱腹，冥思则可以听到来自天上的玄妙声音。饥饿和宁静，会让人格外敏感。

妖魔洞，一度是祈雨处。说是很久以前，一媳妇给婆婆虐待死，阴魂怨怒，于是化身妖魔作怪，天下干旱。后经高人指点，女人们举火把烧着追赶那阴魂现形，雨才降了下来。

之后，每逢干旱，都会来此祈雨。祈雨的是女人，一律裸着，浑身用草木灰涂抹了，怕给妖魔给认出。其实，也是怕人认出。没问过祈雨的时辰，这该是一个村子的秘密，黎明或黄昏，秘密的无人知晓的，由族长或经由某种方式挑出的几个或十几个女人，来祈了雨，又去了。也或者有肃穆怪异的仪式，不能给外人看的。知道那干旱，死亡在即，怎么样的祈雨都是不为过的。

这样地方，只有树木荒草，若干年前，只是砍柴打猎的人来此。若没有修路，没有人的痕迹，就几个人沉默默地一行几天走过去，才好。一切都是未知数，有没有路，究竟有些什么，多远，远远的那一边究竟是哪里。那才好。

在另一处听人说，曾有人由此过去，再也没有消息。不知是再也没有回来，还是别的什么。

沿着山谷看过去，弯曲，看不到那边，可是知道真的很远。可是有水，有水就有可能一直往前走。真想几个人就那么走过去，走到哪儿算哪儿。听过一个故事，秦岭的深山里，有现在的人在几乎绝壁处山洞遇到一个长髯老人，那老人一句话把几个人问惊了。那老人问：长城修完了没有？

一行人顺着开出的小路，高低上下回去。在下面的平坦处，回头望望，有点哀伤，天下之大，某些地方，人一生只能来一次，所谓的走，再见，哪里会再见呢。山谷里的那条路，没有走，没有走的还有在树林里的美国诗人弗罗斯特，他的《没有走的路》写得真好：

  两条路分岔在一座金黄的树林

  可惜我不能两条都走

  是一个旅人，我伫立久久

  极目一条路，直到

  它拐进灌木丛的尽头；

  ……

  那天清晨，两条路同样躺着

  覆满未着履痕的腐叶。

  哦，我把第一条留待来日！

  但明白：路和路是怎样条条相连，

  我想我永远不会会还。

  ……

回去路上，车忽地停了。是一家养虹鳟鱼的鱼池。两条狗见生人，狂吠着，尤其是一条藏獒，几乎要撞散了囚着的笼子。

狗的狂吠声里，却见适宜于冷水的虹鳟鱼若色泽深灰的隐士，也若稍暗的水，若没有腹部横着写下的一道若虹的红色条纹，真就悄然隐在水里了。虹一样的一道红色在水里横着，忽地一动，而后静止；再一动，又静止。这在水里的鱼，若隐士，也若僧人，只是那一道红色若六根唯一未尽的一根，叫人暗想六根是难尽的。宁静的鱼，动静皆如深思，这样的鱼若会写作，会写出些什么呢？满世界只是人的写，若万物都会写，多好。所谓的代言，其实，哪里能够呢。土里的，草里的，水里的，天上的，各有苍天命意，哪里就能够代得了呢。

亦有金鳟鱼，浑身金黄，似乎稍稍小些，更秩序一些。人在池边一动，一群的金色忽地一转；或人不动时候，也会因为什么，也许是时间久了，若人的立正，得松懈一下，也会忽地一动。可是如此的齐整，瞬间一起的动，一起的止，叫人惊讶。鱼们之间的秘密联系，玄妙的，哪里是我等可以解的。

再细看，鱼的转身，小转，是尾巴忽地一动，就转了；大的转身，过九十度的，是身子整个地一弓，弹开，就转了过去。

也想起城里的愚蠢的交通，满池子的鱼，来来去去，竟然没有相互碰撞上的，行云一样。人，毕竟是愚蠢的。

过常山庙，从右面一个偏门进去。进去看看，发现正门是虚的，从外面可看而不可进，不知何意。所谓正门，寻常是不开的，但凡开了，必发生大事。可是这儿竟然没有正门，只是从外面看起来有一座正门而已。两边各有一个偏门，有大事人口众多的时候，才两边都开了，一边进，一边出的。

院子里，没有什么可以停留的，遂绕着几间殿堂看。殿外的墙上，有图画故事，没时间细细看，只是扫一眼，印象深的是一幅斩首，鲜红的血，流淌而不溅开，却画的好看，叫人不惊。这也是民间绘画的美，百姓心里拿捏的度，人必杀，画也得画，可是不能画得血腥。这是写实，也是写意，百姓的意。

一间殿后面，是蒙着黄缎子的三四台轿。端午日子，村民们是要热热闹闹抬了这神出去的。那天，十八位龙神齐聚，按功名排了座次。头一天从东城出发去隍庙，时辰一到，念完祭文，十八支队伍争先恐后，相争之激烈，甚或冲撞的人仰马翻。第二天，踩街，神憋闷得久了，也得出门走走，满街看看，看看街面，街上的人，男女老少，吃喝拉撒睡，看看庄稼果树，看看天上的云。虽是神，整日在庙里，烟熏火燎的，天也看不见的。第三天，登大石山。各家

选拔强健者,甚至会舍弃个人安危,拼命抢先登顶。严重到有人会受伤,甚至半途将轿里的神丢了,只管抬了轿子望山顶上死命奔的。

神转高兴了,依旧抬了回去,让在那儿乖乖端坐着护佑。

九月五日

要走了。昨晚看书,知道洮州人脉如谜。

洮州作家李城写道:"走路的人走得口渴,在村口见着那颤悠悠担着水桶的小媳妇儿,就会赔上笑脸说:'娘娘,给口水哦'"。古乐府《子夜歌》有"见娘喜容媚,愿得结金兰",其中的娘,说的是少女。洮州这儿也是。这样说话,源于十四世纪末叶明代移民带来的江淮古风。"正月里来是新年,我的老家在江南,自从来到洮州地,别有天地非人间"。也有"你从哪里来?我从南京来,你带的什么花儿来?我带得茉莉花儿来"。这都是洮州农歌里的。

还有一些老宅子在,门楼早已坍塌的深宅大院,应门的照壁却见斑斑驳驳的江南风致。人经过,偶尔里面还会传出几声吴侬软语:"阿婆,您在哪儿?家下们都到齐了,姨娘要您最拿手的吃食呢!"阿婆则答道:"先把家下们让在堂屋里,像往常一样陪侍着照应看承妥当,我给娃娃们寻几个盘缠就来"。这就是传说中的来自南京应天府纻丝巷的后人么。

这儿的男人,也多有背着手走路的习惯,老人们说,"知道为啥背搭手吗?当初人们就不愿意从江淮老家来,是被朝廷绑着来的。"这说法,心里是念念不忘的。甚至,专门有后人去南京那边,用这边土话说,那边竟然多半能听懂。

这夹杂着别样话语的,遗落了的,叫人疑心,半天才魂儿回来了一样。这究竟是哪儿呢?

人脉的复杂,也有实在当地的。不知什么年代的吕芳规,有《看贩子出口》:"番帽番衣番样穿,腰悬利刃背生烟。"

洮州的女人守家,强悍男人多外出做生意或跑运输,经青进藏或经川入藏,九死一生。

也因此这里男人出门,是要吃起脚面的。吃了这碗面,就该上路了。结实的男人,人前眼泪是不落的,只是走远了,牙关咬得紧紧的。一会儿,岔路上,一个恋慕的女子在后面唱起来了：

> 大麻打成绳者呢，
> 你走时走不成者呢，
> 走时惹下人者呢！

临上车，看临近的一座山，人称卧佛的。因为佛，又想起所谓众生。众生自然也包括微雨里经过的宾馆里那座小桥。桥下水面，是约略水蚊子那样的纤细长腿黑色小虫。状若"文"字的那小虫，簌簌地在水面灵巧挪移，不是在水里游，而是"走"。这水蚊子的"蚊生"，有没有意义呢？

微雨，丝丝，迷蒙蒙的，云遮住了，看不见，佛在哪儿呢。心想即便有，佛也是不必看见的，甚至看见了也不必说的。有事没事，心里念念就好。有事的念，心里是有求的；没事的念，才是暖暖。念罢了，什么也不想，什么也不用想了。

不用想，心里却是暖暖的。知道有一个人，心里跟自己是一样的，那么暖。

2011年9月10日至13日，断续草

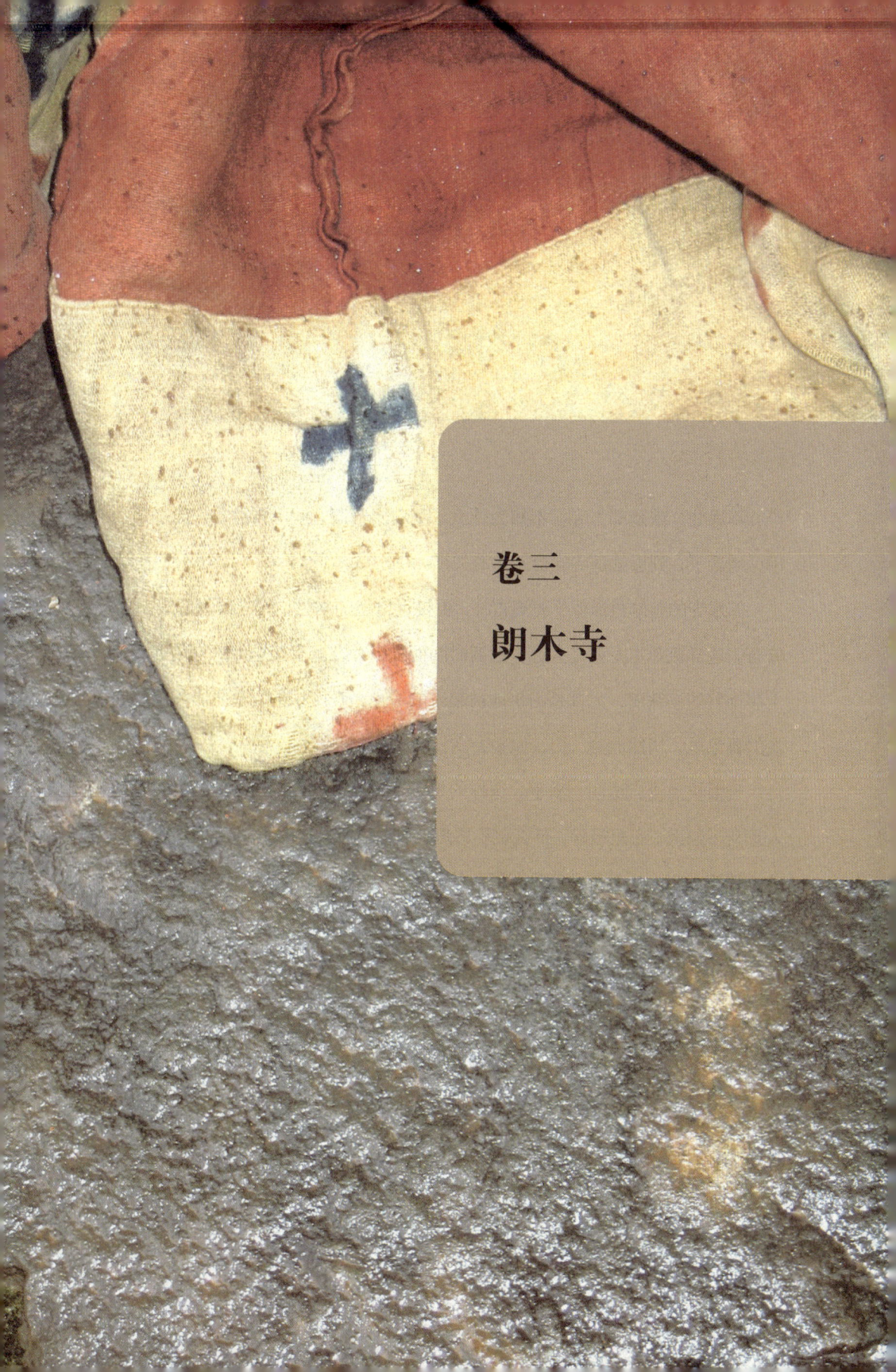

卷三

朗木寺

郎木寺

不远处，就是郎木寺。不知为什么，我看了一眼，就不再敢看，似乎是怕远远地看了，到近处那寺庙会忽然消失了。

郎木寺的整体色泽似乎要更古朴，更接近自然的本色。大的颜色是黑、黄、赭石。这样色泽本身就是久远，远离时间而独自存在。有些意外的只是寺庙顶上装饰着的镔铁皮，尤其是固执地挑起来的檐角，在交织的复杂阴影和渐趋暗淡的暮色里，悄然地冷、白，似乎会飞，有着奇异的锋利、轻盈。

天很快黑透，透明，满手。这样的黑暗，月光异样，甚至是怪异的，真让人远离了尘世，心里极静，什么也不愿想，只微微听一边的水声。月光，水声，这样情境，叫人想起某种感受，所谓的悲欣交集，想起某个人内心热诚而只是淡漠地转身而去的人。想哪个只有不为了自己的悲欣而悲欣的人，才是大境界。

天亮了，寺庙的每一个细节都渐渐清晰：人们起来很早，有僧人，也有些别的什么人。也有些人可能比我想象的还要早。有人两手空空，去某个我所不知晓的地方。两手空空，能去什么地方呢。为寺庙做好了饭的女人正背着盛满了面片的木桶往半山上去。半山的寺，僧侣们在诵经，声音隐隐传来。寺外面的煨桑炉青烟袅袅。而我的身边，一些僧侣正悠闲地锁门，离开僧舍。

煨桑炉的烟更浓了时，空气中开始弥漫着青稞粉、酥油、青青松柏枝的气味。那些更浓的气味是松柏枝燃烧出来的，特殊的清香、清苦。

卷三
郎木寺

　　煨桑炉后面这座半山上的寺，门大开着，我犹豫着，还是进去了。

　　令人奇异的是，大殿右侧近乎棚子一样的房子里，凌空悬挂着许多动物标本，叫人恍惚是另一世界。动物们看起来活生生的，似乎沉浸在另一个世界里，一个天国里，安详得没有了时间，没有痛苦，似乎也没有幸福。

沿山坡下来,遍山雪片一样的是印有马和狮子老虎云朵图案的叫作"风马"的祈福的纸片。想起几年前在另一处,藏民开着拖拉机随手洒着这样的纸片,随风飞舞,一片雪白里,似乎大地天空都布满了经文。

随手拾起一片,夹在本子里;一会又拾起一片,似乎在内心里这一片是要送给某个人的。

回头看煨桑炉的烟,粗大的烟柱强悍,有几分野蛮。

远处寺院门口有僧人,辨不清脸面,从读过的书里,知道那是在辩经。看过印度僧人辩经的壁画,似乎是宁静的,各自坐着,动的只是语言。可这里僧人辩经不同,除了语言,要摆出动作,飞鹰的姿势,猛虎的姿势。姿势大约总是强悍、夸张的。这样的辩经是有活力的,带有人性的活力,以人性的活力充溢着无边的佛心。

这也让人想起来时路上骑摩托车的一个汉子，右手扶车把，左手的酒瓶不时向嘴里送一口。汉子见我们的车从一边过，高兴地举一下酒瓶。这样寂寞的地方，人是需要动作的，就像草地上的牧人，语言是寂寞的，开口就只能是歌声。

不知道僧人在辩论些什么，但那些语言似乎是可以抵达虚空的。

走近另一边几间寺院，围墙和寺院的某一层，竟然是用粗细大致均匀的枝条按墙的厚度截好码成的。这样的枝条有什么用处，不知道，似乎也无法找到合适的人问。也许唯一的用途，就是装饰，和那些沉重的石头相比，在寒冷中有一种柔和的质感。

这样的柔和也叫人想草地上的羊，寒冷的羊。羊在山坡上吃草，不急不慢，嘴似乎只是在青青的草尖上挑剔地嗅，有几分禁欲的味道。羊的禁欲有一种柔和的温暖。

沿隐藏在林子里的山路走，除了缠在几棵枯干如白骨的矮树上风中飘动的经幡，就是一堆堆似乎焚烧过什么的灰堆。风的缘故，干净的只是黑灰色的痕迹。无疑这是一种记号，随后的寻找，却一切都消失了。只有各样野花，开得烂漫，似乎这里并不指向人生的最后归宿。就要放弃的时候，似乎有什么在昭示，有人在无意中看见了。有一些隐隐的白色在远处的风中飘动。

离开车时间不多了，不知道需要多少时间，但还是决定往那里去。

一个人在前面走，渐渐那几个人落在了后面，说话的声音听不见了，似乎这片绿色的荒野上就只有一个人，陪伴着的只有天上不多的几朵白云。十几分钟以后，看见草地上有隐隐的土堆，可以看出是有人在草地上挖掘后又填埋了什么。有些不安的感觉。再向前走，感觉证实了。有些土堆一边，有人的衣裳，丢弃在一边的鞋。那些东西都已经有些旧了，似乎是一年以前，几个月以前的东西。也有些东西是破旧的，那些最后离开人世的人，就是穿着这样破旧的衣裳走的。

走得很慢。尤其是那些不断出现的鞋，皮鞋，军绿色的胶鞋，恐惧会在无意中触到它们。似乎它们只是在这儿停下，你只要触到它，它就会动起来。可也许真正害怕的不是这些，觉得会不再能离开它们，陌生的它们会一直跟着下山。

也见到几件隐隐染着血迹的衣裳。也许有人是另一种死亡。

接近经幡时，回头看一同来的人，还都不见影子。似乎也并没有什么可怕的了，一个人顺着围成巨大方阵的经幡走。风这一会儿莫名地忽然大了，经幡呼啦啦在风中响，风把那些印满了经文的白布绷得紧紧的，肃穆而凄凉。

拣到羽毛，很长的那一种，就是那种巨大的鹫的羽毛。

众多而混杂的经幡左侧不远，另有经幡，与这边不同，一律的白，崭新，叫人惊异。无疑这里不久前有过一场仪式。它的隆重，前所未有。那样的洁白，叫人莫名感动。在这样地方，才知道大多的宗教为什么会选择白色。在炽烈或是阴天的阳光下，那些洁白无瑕的白色经幡会有微微透明的感觉，让人心里如清水流过，变成一，无法夹杂任何不洁的东西。

不急着看，那是人生的最后，一切要慢慢来，从容。几个人沿着经幡顺时针转，走不远，骇然站住。看见不远处一块清理出来的草地上，散乱地扔着许多熟悉和陌生的东西。几把生了锈的各样的刀，手柄褪了红色油漆的旧消防斧则撇在一边。一块顺长劈开的半截树桩，上面是斑斑驳驳杂乱砍过什么的痕迹。另有一个尺余的石臼。不用说，可以猜想到这些东西的用途。人看到这些，猛然就会走得慢一些。一个人在前面走，小心翼翼，但很快就停下来，不由得不停下来，那是人的手啊。还有半截手臂的手，并不干枯，大约是时间还不太久的缘故。这里的太阳是炽烈的，那手臂色泽黑红，泛着油，有些干腊的意味。小心地甚至是有些敬畏地从一边绕过，后面的人似乎更是紧张，尤其女人，瞪大了眼睛，呼吸都急促起来。绕过去，再走，看见的东西更多。几个头骨在一边草地上，大约是好久没有人走的缘故，草长了起来，那些头骨隐隐约约，但还是可以让人看见有着新鲜骨头的那种润白。再走几步，一具连着胸腔肋骨带着黑发的头骨赫然在目。不知道这些骸骨为什么还留在这里。但这依然不是最为叫人惊骇的，因为竟然看到了一具几乎是完整的人，一个年轻的黑发依然的姑娘。姑娘侧身躺着，皮肤也和那只手臂一样，呈现出干腊的色泽。尽管有些干了，但还是可以看出她活着时是稍稍有着几分丰腴的。想近前去看看，但还是似乎给什么逼住。太阳这一会突然炽烈，烤灼着人。抬头看看天，几朵极白的云高高悬着，阳光的缘故，有几分炫目。

真得离开了，时间也不允许，何况真的是在这里看到了太多的东西，心里几乎要容纳不下了。似乎人在这里会想太多的事情，毕竟是死亡。

往下走的时候，回头一再看，一直到看不清。给同行的一个女子照了一张相，背景是什么，其实谁也没有多想。背景就是死亡。依旧是草原，但是那草原深处是死亡，虽然是青草遮掩下的死亡。

远了，但还是可以依稀看见白色的经幡。开始怀疑那些色彩学，觉得只有白色才是真正能征服一切的色彩。以它的纯洁，不露声色地征服了一切。尤其是风中的白色，每一寸都绷得紧紧的，那力量格外不容蔑视。

下山路上，不断遇到转着经轮上山的人，似乎年老的人更多着一些，有些几乎是衰老到生命就要结束的样子，但还是一

路上所有的经轮都要转一下，不管是在路边，还是在路另一侧的山坡上。他们的虔诚与生俱来。

孩子也渐渐多了起来。在这样环境里长大的孩子，一个个充满阳光，健康，眼睛明亮。

回到山下，才注意到一条小溪，据说是白龙江的源头。这儿的僧人原来竟是枕着这样的流水和月光入眠的。这样小溪上，横跨着一座水车，但是它不是用来磨面的，里面是一个巨大的经轮，借着这样的水流，那经轮永无休止。

僧人和居民在走动，各有各的事情。而远来的这些游逛着的人，似乎真的与这世界无关，只是过客，草原上的过客，城市的过客，生命不知所终的过客。

午后，上街打问，说是两点有车。匆忙赶过去，一直等，可甚至是代卖车票的小店铺里的人也不知道。说，也许有，也许没有。似乎这儿是没有时间的，要一直到你看见，时间才会有确切的意义。无奈间，再问，有人说，要去前面一个三岔路口，即使没有这边过来的车，也有从迭部过来的。

三岔路口有人等车，悠闲的样子。有人一会儿和衣而卧，似乎车什么时候来都可以，甚至走不走都可以。也有人酣然大睡。一块等车的人说，四点，五点，六点，七点。真不知道这儿的时间是如何的，似乎日出而作日落而息才是唯一的时间。坐车的人只是在等，没有一句话，似乎有点《等待戈多》的意味。但不同的是，车一定会来，而且是他们要等的那一辆。路的那头是这些人的家，那边的帐篷是暖和的，羊肉已经煮得香了，酥油茶也早就在铜壶里烧得滚烫。他们知道家就在那里，无非是现在还不能回到那里。

阳光明媚，甚至是可以穿透一切的极亮的那一种，穿透云层，穿透人的灵魂，同时也穿透金属和岩石。唯一的阴凉是指示司机加油的牌子的遮挡，而一个用三轮车载客的藏族男人就歇在那里。同行的女子说，借你这一块荫凉睡一会。那男人不好意思地往边上挪一下，似乎是他占了别人的荫凉。

宁静的时候，周围一切细微处都在眼底。一只鸟蹦跳着过来，一直蹦，不会飞似的。鸟不大怕人，要有人赶它才稍稍飞开。路边上干燥，没有草，小鸟在布满沙砾的地面上蹦蹦跳跳，叫人怜悯。毛色也是干燥的，枯干的那种浅赭石色，有些不规则的蓬乱。略长的小嘴似乎干渴，没一点光泽。两只小爪子也如同树枝一样。小鸟蹦跳了半天，在不断给人斥责着赶走的过程中，可怜地啄起人们扔在地上的瓜子皮。瓜子皮在小鸟的嘴里翻弄几下，又给小鸟丢下。小鸟似乎有些可怜巴巴地看一眼人，但是总也没有人给它丢一些吃的。

坐得倦了。一边草地有一块凹地，感觉舒服，过去躺下。似乎是不断有人在这儿歇息的，十分合于人的身体。躺在这儿觉到阳光的炽烈，似有质感地打在人脸上。

不知什么时候，苦等了近三个小时的那辆车悄然而至，隐约听到汽车声音，坐起来时，那辆米黄色的客车已经稳稳地开了过去。

天将要黑下来了，只能搭别的车返回郎木寺。回去走不远，见一辆下午从临夏发到这儿的车，问清明早七点准时发车，心里才踏实。

早上，女人们跑到这边屋里洗漱时，忽然觉到一种世俗生活的美。有女人们在男人们的屋里洗漱着的时辰真的是美的。她们是宁静兼躁动的，你不会知道她们在盥洗间里面是怎样一种样子，那是她们的秘密。男人们所见到的只是女人们打开门的那一瞬，她们还有些微微的湿漉漉，香气是暗的，隐约的，头发和身体的每一处，似乎都是崭新的。

郎木寺以南，有许多石头房子。只是在四川和贵州的少数民族资料里看见过这样的房子。看来一切都并非如此，大地才是真正的母亲，有什么样的大地就有什么样的房子。这一片多石山，石头经过击打呈现出片状，石片也就成为建造房子的材料，只是在屋顶上才铺了一些木板。这样的石头房子质感上适宜油画，曾经见有人画过，不过是在月光下，石头是暗青色，点缀着一只宁静如玉的羊，冷凝肃穆。

天色很快变了，大朵大朵的云出现，但偶尔露出乌云的阳光的强烈，似乎可以推动那些乌云。大地开始出现倾斜的石层，一种巨大的力量，向西北倾去。记得古书里有地倾西北的说法，大约古人那时已经发现大地并不是那么平稳。同样地可以怀疑，那些所谓的恒久，大约也是一样。

可就在这样的地貌一侧，种满了向日葵。密密麻麻的一块块地，似乎没有剃去的头发。这样苛刻的地方，任何生命都叫人觉得异样。

叫人认真看的是另一块地，独独地生着一株。似乎有些孤独，但周围大片的空旷，使它像帝王一样宁静。

这样一些东西也许才是真正要怀念的：

多少年过去，多少地方多少脸都淡漠了，有的人已谢世，

而我站在远方，夜那么静，我终于肯定，

我最怀念的，不是那些终将消逝的东西，而是鸟鸣时的那种宁静。

这是美国诗人沃伦的诗句，这才是真正的诗句。而这样空旷的孤独和宁静才真正滋润了人，让人忘记痛苦，丰满而安详。

2002 年

草原上

是草原，却没有帐篷，在红砖和水泥的屋子里坐下，茶端上来，铁观音，不是熬制的古老砖茶，茶色泛黑，微微浑浊，有着苦涩奶香的。

一会儿有人叫，说是去吃羊肉。觉得近了会嗅到宰杀的血腥，觉到青草、泥土、偶尔的羊粪和马粪的发酵气息。羊不知在哪儿早就杀好了，吸吸鼻子，嗅不到一丁点儿异样的味道。

天祝这儿的羊怎么杀的呢？知道也见过很多杀羊的办法：有别住羊腿简单捆了摁倒，直接下刀子的；有把羊卡在一个特制的铁架子上不得动弹，用一柄细长的刀子，从脖子侧面穿透，死死摁着，架子下面已经接着一个盆子，等血流尽了，就那么杀了的；也有捆结实了，杀羊人在一边悠闲溜达，没事一样，似乎要渐渐耗去了羊的挣扎力气，才下刀的。这一种下刀去血之后，把羊悬挂起来剥皮，刀子则极窄小，杀羊人舍不得用那样的珍贵，手执了刀子，无声地游刃，似乎眼睛早透过筋肉看清晰了骨头，沿着若有若无的缝隙，没一丝挂碍地过去。刀子解完了，下水拢在铺在地上的羊皮里，刀子在羊皮上蹭干净，没一丝血迹。那人从哪里摸出一块布，小心包好了刀子，掖好了，悄无声息地拎着裹了下水的羊皮，走了。不寻常的杀法，也知道几种：比如用手捂住羊嘴径直闷死的；有把羊夹在两腿之间，就那样直接下刀子杀了的。

草地上早铺好了毯子，支了小桌子。羊肉煮好了，大盘的羊肋巴端上来。

羊肉煮熟收缩的缘故，让一根一根羊肋巴骨从肉里面坚挺地穿了出来。顺着肋巴骨轻轻一捋，肉就完整地在嘴里了，剩在手上的只是一截骨头。不半个多小时前，这一截截的羊肋巴骨还在羊的胸腔里强韧地环护着，感受着咚咚跳着的心脏和心脏泵出的奔涌血液，而这会儿这些羊肋巴，一截一截的——那些斧子刚刚离开，截面上还能清晰地看见斧痕。蒜和椒盐也已经上来了，本来草地上的人是不吃这些的，羊无论如何也想不到这些人吃它们的肉，还要加了这些辛香料和盐在一起咀嚼。在额济纳蒙古人哪里吃过只是加了盐煮的羊肉，半生，所谓的开锅肉。仅仅是加了盐，而没有其他，也是一种尊重吧。还有的是真正的蒙古人啃骨头，可以啃到骨头雪白，没有一丝余下的羊肉的。那次那个蒙古人啃一块肩胛骨，之后站起来，把那块极干净的肩胛骨别在撑起蒙古包的一根木质辐条的后面。似乎这样有解释，可是忘了。这样全然干净的吃法，也是一种尊重吧。所谓的"大命"、"小命"。来这世上走了一遭的，都是"小命"，"小命"的一生，也得尊重。阿克塞那边的羊肉也是吃过的。吃的方式奇特些。主人用刀子切一块肉，放在自己的手心里，客人把手扣在主人的手上，主人的手一翻，就把羊肉翻在了客人的手心里。没有问，也不知道是什么意思，可觉得真是亲热。

吃了羊肋巴，接着是烤羊肉。草原上先前不烤羊肉的，除了煮熟，就是因燃料匮乏而不得已的风干肉，最无奈时也有生吃的。这儿的烤羊肉不用木炭，也没有，只是用草原上特有的一种有油性的鞭麻草。烤羊肉的肉片极大，在燃着的鞭麻草的火上烤，一边洒上椒盐和辣椒面。鞭麻草烤的羊肉片，香而肥嫩，细咂摸还有隐隐的植物的清苦。

酒也打开了。脱了鞋盘坐在毯子上，左手烤羊肉，右手酒。都是熟悉的朋友，醉了也就醉了，有什么要紧的。草原上，有肉有酒的地方，有朋友的地方，可以躺下的地方，都是家。

一会儿，躺在毯子上，听着别人的划拳，看天上的云的变化。看久了，竟然有些晕眩,觉得天上湛蓝深邃的深渊似的,一不留神就会掉了进去。掉的那么深,会永远没有着落,心里忽然惶惶的,两只手摸摸,在毯子上按实在了,按紧了,心里才安下来。

不敢躺着了,起来,去一边草地上走走,却看见一处丢弃着一只已然风干了的羊蹄,枯朽了一样的羊蹄。时间让它变得那么轻,似乎随意的一点儿风,就可以把它吹走。本来充满了筋骨血水的一只羊蹄,变得像是植物的一截茎秆,没有任何别的气味。看着,忽然,脚腕上一阵莫名的疼痛。

茶喝多了,去方便。没有遮掩,于是去了那座房子的后面,却意外见到了几十个羊蹄。有几个是新鲜的,肮脏的毛裹着的骨头上是新鲜的斧痕。

出来,同行的人过来,说哪里的鸡会攻击人,草原上的鸡也会。有人逗着玩,要捉其中的一只,一群鸡竟然合起来,扑啦啦追着去啄那个捉鸡的人。草原上的羊,习惯了,似乎自己也觉得就是要给人吃的,甚至连抵抗都不多抵抗一下,

就那么原地站着不走，拧着劲不走，要那个人使劲了力气，蹄子在地上蹭着趾着，给生生拉走了。被拉走的这只，不叫；叫的是别的羊，咩咩的，似乎痛苦无奈的送别。谁要写痛苦无奈，仔细盯住羊那时的眼神就是，那无言信命的，那善良，曾经叫人反省过生命的意义么？

草原上的鸡却不一样。鸡是比羊更高级的动物么？不知道。看见那些羊就那么给人杀了，煮熟，吃掉。更为残忍的是，那些人不吃的，诸如羊的蹄子、羊角，剩下的骨头，人随便把它们扔在什么地方。走来走去的人，看见了也熟视无睹。羊呢？羊不是生命么？也许，于人，是，也不是的。而这里的鸡，也许真的想了些什么，想通透了。想起前面吃过的鸡，心下约略轻松，毕竟这鸡挣扎了。也想起人们吃猪肉，想起猪嗷嗷的挣扎，不能的时候，眼睛都红了，吃那样的肉，是少一些愧疚的吧？

草原上弱肉强食，人也是也必得更有力气的。一边草地上，主人家的两个半大孩子跑过来，追打着玩耍。两个人憋足了劲纠缠在一起。纠缠这词，现在觉得轻了，其实，这词沉着呢，隐含了多少力气，多少悄然用力地蛮性，动物性。偷袭的蟒蛇，缠住对手，似乎静态，触一下它的身子，坚韧沉默如铁，想要它松开是不可能的。蛇偶尔松一下，是为了更紧地缠死。蛇的静默紧逼的力量，甚至会将某些动物的肺部挤压到出血碎裂。

两个孩子，打闹累了，歇一会，一会儿再次纠缠在一起。猛烈的力气，撞在一起，拧着，再次拧着，力气消耗尽了之后，是黏着，是暗中丝丝扣扣的较劲，是顶住，也是瞬间的歇息，是为了再次的黏着、僵持、对峙和再一次的力量试探、绞杀。两个人相互抵着的力气，叫人觉得可怖，似乎有骨头嘎嘎响着就要断裂的惨白声音冷冷地透出来。

过一会儿，两个人再次累了，虚脱了，就要消失在草地上那样。可是，那也不过是歇歇，歇歇再抵触纠缠在一起。那么多的还没有多少腥膻气味的小动物一样的力气，得有地方彻底消耗了它们。

　　主人家再次叫，这次是吃面，面片。汉人方式的面片。舒舒服服地吃了带汤的一碗，喝了炝了野葱花的羊肉汤。忽然想，人若全然吃肉会是怎么样的呢？肌肉骨骼会更结实么？在太阳下多晒晒，多跑跑，多摔打，动物一样生活，会更坚强结实么？

　　扭头又看看刚才那两个孩子肌肉骨骼，虽然还只是半大孩子，却已经显现出格外的不可轻视。而来这儿的几个人衣冠整洁，却早已经是孱弱，枯朽的植物一样，空画了人形的废纸一样。草原上是不需要这样的人的。他们只能生活在另外的地方，没有阳光、雨水和风雪的地方。苍茫茫的草原上，需要和更适应一些别的，别的人。

　　这些人的灵魂呢？似乎也没有。真的没有。

2011 年 12 月草，2012 年 2 月 7 日、8 日改

额济纳片断

骆驼

几十公里过去,没有人烟,只是耐旱的草,几棵枯死的树。

尺把高的草丛,要在走了好久以后才看见,从形状颜色看,有些是红柳,有些则不知名。在这偶然存活的少量植物周围,不时见到骆驼,散乱,三四匹,两匹,一匹。远或者近。以为是野骆驼,虽然知道那是不可能的。有人在一边说,那是家养的,不过是出来吃草。淡灰色的沙漠,没有边际,稍稍有一点风,极细的沙就抖着,轻飘飘,幻梦一样,有海市蜃楼的调子。褐色的骆驼在这样背景下,显得沉重,夸张,笨拙,不大真实。

百十里过去,该有人家了,可还是没有。牧驼人要多久以后才会来接这些属于他们的骆驼呢?这些骆驼独自在野外过日子,不仅是白天,也有风声簌簌的令人害怕的极其空阔、寂静的夜晚。不知道骆驼在夜晚会不会害怕,是单独卧着,还是聚在一起。对于自然,不露声色的动物也许是更多着一些理解的。在动物园里曾认真看过骆驼宁静平和的眼睛,一束干草也可以吃得味如甘饴,就觉得骆驼大约是可以懂得"道"的。

几天以后有人告诉我,骆驼在野外只是吃草,大约每七八天回主人家喝一次水。主人有事,就在骆驼回家喝水的时候留下它,待干完了活,依旧放骆驼去野外自在。这几天骆驼去了哪里,主人是不知道,也并不想知道。这样的人和骆驼的关系,是非常有意思的。骆驼和人各自生活,只是因为某一件事情走在了一起,做完了,相互拍拍手,各走各的。主人家日常是不大想起这些骆驼的,只是惦念着他的羊群,老婆,孩子,只是偶然才会想起这些属于他的骆驼。

我不知道这些骆驼的归宿,在以后的行程里也并没有见到骆驼肉。我只是祈愿这些骆驼是死在野外的,一粒沙子一样,在悄悄地风中出现又悄悄在风中隐没。

两种树

沙漠里偶然的一片地,有不知名的树。树低矮,但极强悍,树枝横折,如锻打过的黑铁,有霸气。稍稍几棵也许并不显出什么,但多了,几十株偌大一片,犹如几百年前遁迹江湖深不可测的武林高手,沉默寡言,令人震骇。

另有大片树,粗壮,却随意东倒西歪。有识得的人说是沙棘。原想沙棘不过一种细细的野生植物,却没有想到竟是这样。粗壮也就罢了,却又东倒西歪,似乎要拔腿走开,又不整齐,叫人看到一地混乱。

达来呼布镇暮游

达来呼布边缘的沙地上,慢慢走,正走间,忽然有人指着脚下的河床说,这就是古老的黑水河。说话人语调平常,但却让人脚步有几分敬畏地慢下来。这才注意看脚下的河道,很阔,即便是萎缩了的,也有二三十丈。猛然间,有水的感觉,似乎一瞬间就冷在人的肩膀上。

黑水在《穆天子传》和《楚辞·天问》里已有记载。也有人认为,黑水只是一个古老的传说。但这条太过于著名的河,早已没有水了。沿着河床走,不时见到骆驼粪,极干燥,有一种木质的感觉,敲起来声音空空的。偶尔可以看见河床那边沙丘一侧有一匹骆驼,想过去看看,倏忽就又看不见了。

暮色很快降临,河床一侧,微弱的光线里,不时遇高大的胡杨。一切极静,走着总觉得少点什么,一会儿才恍然想起,几个小时竟没有听见一声鸟鸣。太怪了。那么大一片树林,竟然没有见到一只鸟。

灰暗里似乎有些什么,林间一闪就不见了。我知道那是幻觉,极度寂静里的幻觉。但同行的一位女子总是怀疑。我希望她的怀疑得到证实,有一匹什么神秘的动物躲在某一棵树的后面。那动物和这暮色一样灰暗,形状奇特,让人想象无限。

怪树林

终于看见怪树林了,一片无尽的灰白,犹如无数的散落的灰白尸骨,叫人

哑然。这一片枯死的胡杨林有多大，不想问。只是知道已经死去两三百年了，不禁有些敬畏。在别处看起来明媚的阳光，在这里不知怎么变得几乎是冷峻，太阳本身似乎就是冷色那样。

从远处可以看出树是整片整片死亡的。水位下降时，树根一定是在拼命延伸。有些裸露的树根，人可以循着它在几十米以外找到它的树干。树在没有水的时候，大约也是会感到惊慌的，但这些树是没有可能像人那样离开。树在生命的最后，大约比起人是坦然的。

枯死的大片胡杨，树皮早就没有了，直露着树干。大约树皮是容易朽的东西，犹如人的衣裳。干缩后的树干，由于没有水分，一束一束的树木的纤维历历在目。树木的纤维并不是直着向上，而是旋转着沿了树干上去。不知道什么缘故，也许是这里风太大。在另外一个地方，曾经见过完全伏在地上的树，树枝齐齐地向前伸着，就像一把梳子。这里的胡杨大约从小就给风吹着，不断受力使得树扭曲着生长。以手摸着干燥得完全没有水分的树干，知道所谓的繁华有着多少虚饰。除去人充满了水分的肉体，人的那几根骨头大约也是没有多少分量的。

枯死的树也并不相同的，也许树真是有着各样的性情，没有一棵枯死后的树是一模一样的。

地上散落的枯枝太多，太碎，一节一节的，那最小的，若人的手指骨节，叫人有古战场的感觉。

这儿的枯枝才是真正干透了的，掂起一根，几乎就没有重量，叫人疑心，似乎风一吹会飘了起来。也有重的，是粗壮一些的树干，但表面的色泽已是灰白了，木纹亦极显，若木纹再细一些，会有象牙的质感。

天渐渐暗，有人总是疑心，远处的树林里有一闪而过的什么野兽。不知道为什么会有这样感觉，大约是树木的死亡吧。有太多死亡的地方，也许会有一些怪异的生命。

叫人不敢相信的是，在死亡的树林里竟然见到了在额济纳旗唯一见到的一只鸟，虽然是离得远远的。想走近了再看看，但那鸟似乎一闪就隐去了。那鸟似乎只是一只过去的鸟，和现世没有关系的，给人看见，只不过是偶然。

沙

沙子，极其宁静。沙子表面，给昨晚的风吹皱了。几乎看不见石子，好久才能在寂静里见到半露着的一块，但都极小，奇怪的是，色泽只是黑与白。掂在手里，久了，想扔掉，周围却太静，静得让人无法把石子扔出去。唯一的声音是我的双足，柔柔地陷在沙子里，又柔柔地消失。

沙上不时可以见到动物足迹，稍稍厚一些的沙地，还可以看出动物蹄子陷在沙子里又带出来的痕迹。痕迹大都是一条线，只偶然才有一种蹄印稍稍错开的。蹄印稍稍错开和没有错开的，都是些什么动物，不知道。

沙上的痕迹，让人知道一个生命从这里过去了，它们比人类更深地触摸着

自然,用它们的四肢,或腹部,但人们不知道那匹动物会不会回来,什么时候回来。

夜走古城

木栅栏钻过,慢坡左右上,稍许就不辨方向。在一群人后面走,渐渐落得远了。两个人随地坐下,看黑色城楼,竟显得那么孤单,忽然有些伤感。

太静,似乎世间本是没有声音的。久了就有些害怕,遂疾疾向前赶。看不见人,就乱喊。那边的几个人竟然也有些怕。

又走在一起时,忽然不远处有磷火。磷火极柔和,淡蓝色,模糊一小团,似乎有人提着灯笼走,一会儿,人还没有看够,就消失了。不知怎么想起朋友古马的诗:一团磷火/妻子模样。

向前,遇城向西延伸的土墙,残留的部分一丈多高。一处大约是人常过的,墙上有几个脚窝。有人要上,但几乎都醉了,只能自己先上去。立在墙上,四处漆黑,只远处有几点灯光。一一把下面的人拉了上来,六个人站在古老的土墙上，都不说话。这儿也是唯一可以下去的地方，遂解下皮带，连同另一个人的，两条结在一起，一个一个系着下去。最后下去时，感觉脚下稳稳地有人托着，心里感激而温暖。

再走，人又散开。两个人不知怎么又走在后边。少许见一幽深门洞，不知是什么门。和身边的人幽幽走进去，借着黯淡的光可以看见巨大的门。门无疑是没有一点漆色了，但看不清，只是略略可以感觉木头的剥蚀和风化。拍拍那门，厚得几乎就拍不出声音。再近，看见门有一点缝，试着用力去推，竟推开了，虽然只有七八寸宽。趋近了看，灰淡的月光，缥缈落着。多想能进去，在月色里拉着一个人暖暖的手，慢慢走一会。

烽燧

每隔不远，几里，就有一座烽燧。烽燧的设置总是烽烟可以让下一个烽燧看见的地方。烽燧连同外设御敌的门道，大约有一百平米面积。门道不宽，墙极厚，且拐来拐去，里面也是这样，巷战一样。每个拐弯处，一人一矛，就可以封住。

这样的烽燧一般要驻扎二十到三十人。士兵住一间或是两间大一些的房间。候长居住的地方，则有六七个平米。去探询的这一个烽燧里，候长的居室还可以隐约看出当时的情景。进门是一块空地，右边是一张桌子，两边可以放置椅子，左边则是床的位置，似乎宽一些。因为宽一些，同行的人就开玩笑。但并没想到是真的。带我们去的人说，候长比士兵要自由一些，可以招女子来过夜。床宽一些，就是为了使用上的方便。候长的银饷要多一些，大约就有这样的开支。这样荒凉的地方，自然是没有一般女人，所能招来的女子都是刑徒的妻女。士兵也可以去找这样的女人，但是不能带回来。那些汉代刑徒的妻女，那些同样命运苦难的女人们，给这些男人带来了怎样的温暖啊。

烽燧里亦有灶房的遗迹，墙壁依旧是烟熏的黑色。甚至还有黑朽了的苇秆。据说当时大都是用苇秆烧火做饭的。在墙的夹缝里找到几根没有变色的苇秆，从中挑出一根，想做一支笔，但终于不成，两千年前的苇秆虽然有些还没有变色，但实在是不结实了。自然这里也有一些其他的遗迹，我甚至试着想从某一个地方找出点过去某个士兵遗留下的什么，但也不过是想想。近几十年来，从这里挖掘出大量的木简，有些大约是会记载一些颇为有趣的事情吧。不知道有谁，会将那些有趣的木简整理出来，让我们看到那些隐藏了多少年的生活，那些候长和士兵的血腥的和寂寞的岁月。

弱水

弱水是更为有名的一条河，同样干涸了。那晚，正在干涸的河道里走，忽然见水慢慢从远处流过来。当地的朋友说，这是上游在放水。沙的河床已经许久没有见到水了，流过来的水几乎就不能向前。既然是放水，该是有不小的水流，但是人却能够在河道里优哉地慢慢走。尤其是转过身来，看着一整条的河水，浅浅地跟着人，感觉河水和人是那么的亲切，似乎真的是一个人在领着一整条河水在走。

不想那么走时，稍稍让在一边，看着河水渐渐多了一些，可还是很难浮起一根稍稍粗一些的树枝。

弱水三千，只取一瓢饮。不知怎么就想起古人的话。于是和另一个人感激地跪在河边，说，就这样照一张相吧。

塔

额济纳向南，有些地方甚至连枯死的树也看不到，只是相隔很远有土塔残骸。待远远看见一座略完整土塔，心里竟有些激动，似乎终于有了人烟的样子。

卷三
郎木寺

问开车的师傅，说是名叫一塔。西夏时这里有不少塔，许多塔该是有名的，但并没有留下来。这座塔，现在的人只是看见孤零零一座塔，说它是一塔罢了。如果当时有哪位高僧取它为一塔，真正是大智慧。

近了，才知道塔还是有些残损，不过仍然有近三丈高。一塔建的时候该是动了许多脑筋，地下是有地基的，挖下去几米，插入结实的树干，起现在钢筋的作用，再用石头、砖等东西一层层固定好，周围用大的土坯立着，一层层砌上去。从砖缝看，当时是用了泥粘和的。

有人喊着要照相，只好退出几米，并不高大的土塔竟然显得十分宏大，觉得有些不可思议。大约在视觉里，空荡荡什么都没有，唯一的一座塔就有它特别的分量。可也许，是另外一些什么。

再往前走，遇两座塔，不用师傅说，大家都说，该是二塔。二塔与一塔不同的是，另有一些小的土塔，从一些残迹看，是有墙的，是当时的寺，还是人居，看不出来。二塔不完全是土塔，可以看到有一些烧的温度非常高的青砖，长有一尺三四，阔有七八寸，砖分二色，青黑、暗红，敲之声如钟磬，分量和质感都有金属的感觉。二塔四周不时可见碎的陶片，亦有釉色极美的。

五塔则小得多，散落着，似乎寂寞的僧人。

一塔二塔五塔大约都是古代僧人的归宿。许多东西消失了，甚至是坚如磐石的城垒，但这些大部分是用土坯堆起的塔却奇怪地留了下来。也许是有些人为的因素。在塔上可以找到当地人说的"擦擦"，那是一些三寸高的在模子里用泥压出来的小塔，泥里和了人的骨灰。里面有纸条，是死者名字。

坟冢

不断见巨大坟冢。但它不是，我知道它不会是，只是一丛密集的死去了的胡杨树的根。水位下降，密集的胡杨树死去，上面的枝枯朽了，给风吹去，表层的土也给风吹去了，就露出这些盘根错节的树根。

真正的坟冢就应该是这样的，没有墓碑，许多年过去，风一年年吹过，坟冢风化，露出给沙子洗得洁白的象牙般的骨殖，而大部分的骨殖还都在下面，婴儿一样，在温暖的沙子里眠睡着。

那些偶然路过的旅人，静静地在这儿歇上一会，就手埋了几块露出的骨殖，在风略略停下来的一会，走了，再也不会回来。

2001 年

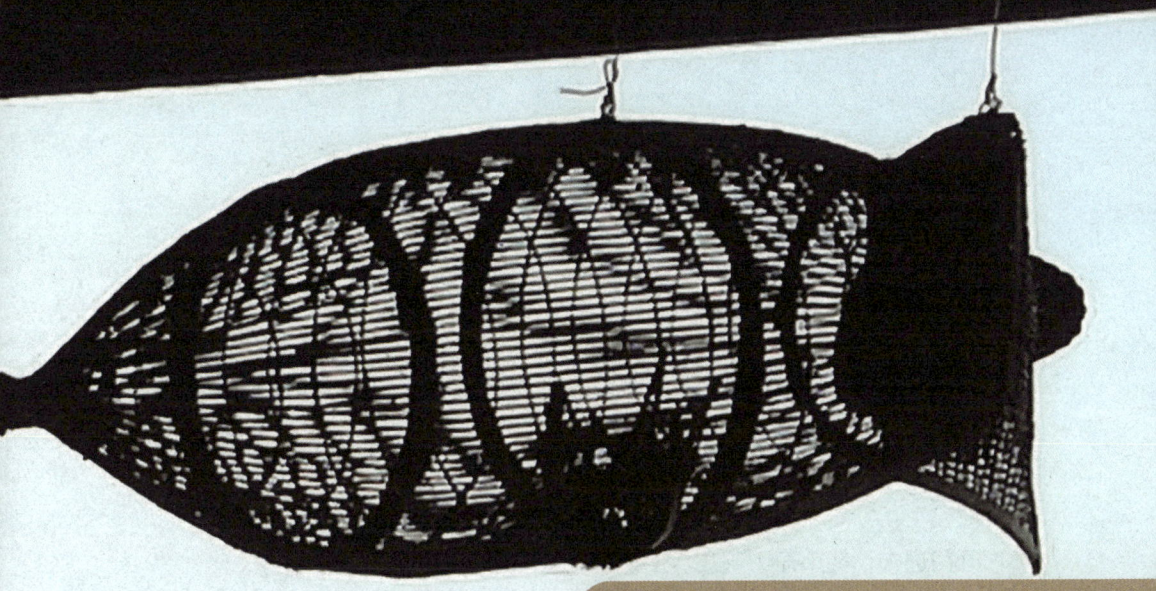

卷四

独自行走

显慧

随显慧师傅上山，到山上天已黑了，只一点幽微月色。显慧的拍门声很重，是寺门极厚的缘故。这样的声音是颇要有些气力的。这样的夜色，似乎声音也有些黯淡。

开门进去，徒弟净了茶几。上茶时显慧已经在厨房里张罗饭菜了。

饭菜平常，但端上来叫人有些意外。不只味道，色泽搭配也讲究。素烧香菇里加了红椒，茭白则配了绿椒。汤是冬瓜芫荽汤，汤清叶绿。加上显慧一共四个人，七菜一汤，饭是米饭。有些奢侈了。这是来客的缘故，平常决然不会这样。

只是吃饭，没有太多话。显慧几次劝多吃一点。余下的菜，显慧用干净筷子拨在一个盘子里，看来是要留到下顿吃的。

晚饭后，徒弟送上水果，几个人闲聊，正说间，有钟声传来。外面没有灯，想是为了节俭。一个人沿走廊摸黑过去，听见暗处有抑扬顿挫的唱念。不时钟响一声，但天黑，看不见人。要走近了，才见一个尼姑面钟而立，左手执钟锤，念几句，撞一下。

这种唱念，相传始于曹魏时代，陈思王曹植尝游鱼山，闻空中梵响，清扬哀婉，一个人听了良久，深有体会，回来摹其音节撰文制音，才流传至今。听着钟声走近，才看见钟极大，这样小一个寺，原本并不需要这样大钟的，只是为了钟声传得更远吧。钟声的好听,叫人想起寒山寺,想起张继的《枫桥夜泊》。羁旅的人,脆弱的心是禁不住那样悠长寂寥的钟声的。

院子里传来打更声。还是第一次听见打更的声音,哒,嗒嗒,哒,嗒嗒。是木头的声音。打更的人并不说话。问起打更,显慧说,这是原先熄灯用的。有些很大的寺院,上百间房子,就这几下,才敲,忽地一下,灯就全都灭了。

该是离开的时候了。显慧还要打坐,于是告辞。请显慧留步,显慧说:"门上了,得去叫门。山下那个门是虚掩着的,一推就开。"出门去,显慧合掌在门口相送,说,有空再来喝茶。知道寺里最重茶理,有谢茶不谢食之说,心里有几分感激。回头再看显慧时,她一个人立在寺门口,头顶只有一点微微月光。法雨寺那几个字,早看不清了。

下得山来,见合着的两扇铁门,心里有些犹疑,但轻轻一推,显慧的话不错,果然是虚掩着的。人生大约和这门一样,也是虚掩着的吧。

1999 年

寺

1

这寺,在哪儿呢。

"只在此山中,云深不知处"最好,最有味儿。可惜,哪儿去寻呢。

有味儿的人生,在哪儿都好。寺算是有味儿的,可是那些茶味也似的枯淡,"老夫无味已多时"那样的人,才会得到个中三昧。无味的人,去寺里亦无味的。以心性咂摸春花秋月,张岱,大约适合。"陶庵国破家亡……作自挽诗,每欲自决,因《石匮书》未成,尚视息人世"。这样的强韧,慢慢萧散了,流水落花,转还到寻常滋味,也是深邃的。这几句话,意味的深,直是怕白糟践了,不肯随意说。可这样一个人,竟然没有真的去,只是"遥思往事,忆即书之,持向佛前,一一忏悔。"这家伙,佛也暖不了他,心真是伤得深透了。

张岱尝为"表胜寺"写启,有"炉峰石屋,为一金和尚结茅守土之地"句。"炉峰",一天然之地,晚霞氤氲,哪里需要香烟呢。某大父却舍"石屋"而造一庵。本来"结茅守土",自是便宜可以安心亦可以安身处。所谓的"结茅守土",人若蜘蛛,手脚并用,建筑得了,汗涔涔擦了,微风起,渐渐心凉下来,安歇了,四顾之下,一派怡然。

表胜寺,多麻烦。真不若石屋,随时走了,又可以随时来的。心在哪儿,

寺就在哪儿的。

2

寺须小，不若大一些的寺里，有舂者、碓者、磨者、甄者、汲者、爨者、锯者、劈者、菜者、饭者，还是小一些才好。大，显得泱泱的，难得清净。心下若不能决然静，不能安下的。

这小的寺，值更的僧人，寅时，也有更早，据说是丑时，摸黑去敲钟，"咚"的一声，钟声起了，僧人忽地一下，都起了。

寺里有"开静"一说，真好。前半夜静过来，后半夜的静，是有点林荫深浓的。甚至，草木的睡，鸟儿的睡，禅房的睡，都是深浓的。尤其"禅房花木深"，夜里的花木依傍着禅房，是深浓的，而禅房里睡着的僧人更是深浓的。

太静了，静到"灭度"那样。尤其是黎明前的静，太静了，沉入泥土的静，纹丝不动，叫人有点儿担心，能否醒来，竟至于要"开"一下。这"开"不能是人声，得用别的，最好是植物的，能贴着人身体的，有点微微的食物和水的气息的，慈爱的，母性一样的，"该起来了"那样。

听到那声音，从静里回来了一样，大的通铺上，一排人半坐，黑暗中随手可拾，穿衣、穿鞋，一个个无声。

出门的时候，也没有声音，只是一排温和的影子。

太静了，有时叫人觉得奇怪。奇怪过了，却觉得就该是这样。这样的宁静里，声音原是罪过。

僧服的窸窣，不该算，轻微的脚步，也不算，那些轻微的声音，是静的痕迹。静，也是有痕迹的。没有痕迹的静，是死亡。

3

人都出去了，最后关门的那个僧人，犹豫一下，似乎觉得"吱呀"声，会惊扰了什么。他的停顿和慢，有点定格一样，再挪动的时候，似乎已经是另一个僧人了。

门有点紧，许多日子没有膏油，那有点涩的吱呀声，在夜露里的湿润气息里，也有凉凉的月牙儿，叫人想到深秋，干燥的秋风，"吱"地一下，在哪儿裂开了。

出了门的僧人，没有声音。树的影子，落在默不作声的僧人身上，散淡如石头的幽暗纹理。转过一条小径，满是竹影。人走着，如石头在动，也如竹林在动。静默之间，人、石头、竹林，恍然一体。

再转过一座院门，倏地一下，人不知哪里去了。静静的暗，隐藏了什么似的。那隐藏的，那么多年满世界隐藏着的，究竟都是些什么呢？

其实，人已经都在经堂里了。

经堂里，灯烛燃着，叫人想起寻常人家早晨的灶房。做母亲的，早早在那儿忙呢。僧人，也有母亲的。所谓的"了脱生死"之人，母亲若在，也会惦念。僧人呢？偶尔一闪念。僧人俗世的一闪念，佛也是喜欢的。

诵经声起了，外人分辨不清的，神秘的，不哀也没有欢愉的诵经声。近了，却分外明了，透彻，也温和。它们跟这世界一样，只是在那儿。

早课，念些什么，会念《大佛顶首楞严经神咒》《大悲咒》《十小戒》么？也会念《般若波罗蜜多心经》，"观自在菩萨，行深般若波罗蜜多时，照见五蕴皆空，度一切苦厄……故知般若波罗蜜多，是大神咒，是大明咒，是无上咒，是无等等咒，能除一切苦，真实不虚"。

诵念的人，开初时候会无端落泪吧。近乎无谓的诵念，某一天忽地入了心，人落了泪，再到不会落泪，温温和和的，真的，不再落泪了，只是时光，只是在时光里安然过去，心里就已经满满的有了。

世间是苦的么？有无苦之界么？以肉身如此奉献，是不苦的么？

有不以为苦，或苦如甘怡，或竟然至于无苦也无所谓甘怡，幡然悔悟，尔后亦忘遗了悔悟，平心静气，才是至高境界吧。

我佛慈悲。慈，是带有些许苦涩的；悲，更是。以慈而怜悯温暖于悲，是温暖与寒凉的瞬间交融。佛，得有多大的绵延不断的温暖啊。恒河沙数，世人

太多了，苦亦太多了。

4

也有别的僧人，起得更早，担了水，煮好了粥，洗净手，汗也落了，清爽爽在门外石阶上歇着。

这粥，若散在庭院里，敞开了朝天煮，有落叶，秋雨洗净了的，哗啦，落了，就煮在粥里。干枯的叶子，经春夏复到深秋的落叶，那味儿是浓郁复杂的。略微的清苦，悠长的，大半年的风雨滋味，都在里面了。

僧人吃饭的地方，叫什么，叫斋堂吗？那儿也该是安静的，不然，上百人一起吃饭，尤其喝粥，是格外嘈杂的。如此多，又在如此清净地，用斋的噤声，是必需的。僧人们用木勺吃粥，笨拙而轻盈，没有声响，只有偶尔的一点木勺刮擦碗的声音，有点闷的。

和这儿的静静的闷相比，人多的饭，特别喜欢乡下过喜事的饭。一大清早，现盘的灶，一块块青砖，水洗过了，青的可爱，砌砖的黄泥还湿湿的，灶膛里塞满了劈柴，噼里啪啦响着，大块的烟煤冒着烟，黑烟，而后是青烟。挽起了袖子的男女，来往，吆喝，没一个闲人。锅开了，掀开锅盖，大锅里热气腾腾，煮肉的气味，炸丸子的气味，低劣的录音机的聒噪的歌声，院子上空，几道压得很低的似乎嗡嗡响着的电线，挂着的几盏二百瓦白炽灯，把这些照的半明半暗。

寺里有大事，人很多的时候，也会是这样的吧。

平日呢，斋堂里的灯光也是幽暗的。北方，早饭也不过是一碗粥，馒头，咸菜。南方，无粥的时候，会吃泡饭么？可是几十、上百人，哪里会有那么多的剩下的米饭，只能值更的人现煮了粥，或是早早起来。就着这样的光线，煮粥也似乎是庄严的仪式。大锅里倒满了清水，下了米，水开了，看着米在大锅里翻滚，一直到米粥黏稠了，熟了，米的香气浓郁地飘了起来。煮粥的僧人，不说什么，盖好了锅盖，放好煮粥的勺子，净了手，在一边歇着，间或抿一口茶。这清晨的寺也因这热热的粥，渐渐温暖起来。

这样的粥，也是该让世人都热热喝上半碗的。褐色的粗瓷碗，厚笨的，端着一点儿也不烫手。白米的粥，偶尔会有的一半片落叶，慢慢咀嚼，会往窗子外面望望，心里会想些什么呢。碗到最后，不剩一粒米，干干净净的，清水洗净了，轻轻搁在那里。

能轻轻把那粗瓷粥碗洗干净了，干干净净的手，安然把碗搁在干净的案子那儿的人，真是安详清净的。

这粥，偶尔落了枯叶的粥，深秋的粥，就叫落叶粥吧。飒飒秋风里的，凉薄的秋风里的，这粥忽地就暖透了肺腑。

粥也最好是柴火煮的，也带着柴香，泥土香，清水香，带着干干净净的味道。

沿窗，
清水洗得发白的案上，一摞碗碟，
摆放着干干净净的味道。

是如此干干净净的
含着云雾和深山的味道的啊！

这是十年前写的一首《山寺清晨偶见》。

也在寺里的偏僻处见过废弃了的大锅。几十年过去，它历经了些什么，没有人记得的。默对一会，会感觉到，这锅依旧满是清气，即便锈了，也满是植物的枝干叶子果实的气息，溪水的气息。

也有扣着的大锅,沉稳稳的,不留一丝缝隙,叫人什么也不想说。

偶尔,也会有破了底的大锅,野草从破洞里面生出来,铁锈和衰败了的泥土映衬着,尤其显出野花草的娇嫩。偶尔的不知名小花,淡黄的,紫色的,开在那儿,风的一摇,若小声说话似的。

5

天麻麻亮了,能看清些什么,也看不大清,依稀的光线,细碎,模糊的,麻麻的。

几个僧人在扫地,微暗里竖长的身子,执着长长的扫帚,若执笔一般。若天再亮一些,文气些的水洗的极其洁净的灰衣僧人,步子安然,平心静气,可以说是在地上"写字"的。执扫帚的僧人,若落叶参差,会觉出似写了什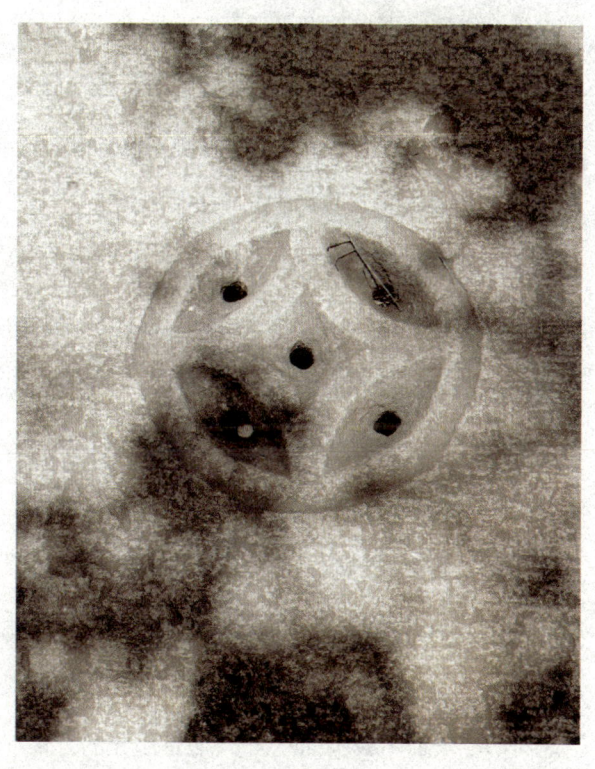么字的。扫帚的声音,细细听来,可以辨出新旧。新的扫帚,扫帚上的细竹子,还缀满竹叶,密不透风,沉甸甸的,唰拉、唰拉,密密地擦着地面,连同尘土;旧了的扫帚,多是竹枝,不多的竹叶,萧散的,飒、飒,扫帚划在地上,过去了,是一道一道的杂乱痕迹。

扫地的僧人,声音、动作,可以看出性格修为的。初扫的人,有点拿不住,虽然也不甚急躁，可是人跟扫帚，是两两分离的。过段日子，人跟扫帚，手眼似在一起了，可是转身的时候，只那一瞬，紧张或是松懈，要重新开始了一样。只有修为真正好的，不紧不慢，跟扫帚一个人似的，气性都分辨不开。也如同写字，最后只见字，不见笔，也不见人的。只是在，在那儿而已。在，是一个多么好的字。

满地落叶，随着天渐渐亮起来，落叶益显得多了。多而少，那么简单。扫帚过处，忽地一下，都没了，空旷的地上，竟似乎先前没有一片落叶似的。

筐子里的落叶，堆满了。落叶也是有些分量的。可是这深秋的分量，好轻，却叫人想起"天凉好个秋"，心里是不说的惆怅。僧人呢？会有感慨么？也许不过时序更替而已。早早记得一句"山中无岁月"，不知谁写的，也许正是一位僧人于无意中的无意之言，能有这无意之言的僧人，真了脱了生死。无岁月，哪里会有新叶、落叶呢。目之所见，不过是虚妄和不净，一笑，抑或不笑，看看极远极高处，目不能而心之不能及，飒飒的一丝儿风，飒地，没了，也就全都"有"了。一丝狭隘，没了，不就是全都有了么？所谓舍身，所谓无身，没了这"有"，也就真正有了。

那竹子也会落叶么？不知道。"宅东西种植修篁约千万计"，秋风起，竹叶碧绿尽去，满目萧瑟，一派枯白。若竹子真的落叶，笔直的光秃秃的竹竿，秋风里冷冷一摇，痛彻肺腑。可僧人们不会这样感受吧。"是诸法空相，不生不灭，不垢不净，不增不减"。僧人们不看这虚无的"相"。全然不会这样看么？不会，会有，偶然会有，哪里有那么多的彻悟呢。

落叶，好多只筐子堆满了。野外烧了，那烟，那落叶的烟，青苍苍升起，那么好闻。湿润的空气里，倏地，近，也那么邈远。

挑水的僧人，回来了。过一会，又回来几个。脚步略沉，咚咚咚的，叫人听见肌肉、骨骼的声音，肌肉、骨骼的力量抻拉的声音，吱嘎的声音，接着是水缸盖子揭开，搁在地上的声音，水"哗"地倾倒进去的声音。那么大的缸，一个一个满了。用了力气的水，饮用了，才是有力气的吧。

僧人是饮茶的，可还是白水的好，若是清泉，简直饮用就是。一碗清水，若是深褐色的碗，满碗的水，是可以认真看半天的。色泽的深，又是满碗的漾漾的水，掩藏了什么，是看不明白的。可是埋头喝下去，就看见了深色的尚湿润着的碗底。生活就是这碗底吧。不过是饮尽了水，水落石出，才可以看得清楚的。所谓奥秘，其实简单，即如司马光砸破缸那样，转一个思路，不必去缸里捞人，打破便是。

勘破了的，可以在这里久留；可真的勘破了，留在这里做什么呢？

6

讲经的时候，不知会讲些什么。从不曾听过讲经。那些僧人又如何听呢？百样僧人，有几个能听得懂，懂而透彻，透彻而悟，悟而安心。也不知自家能否听得懂。若在的话，安心坐在那里，闭目听就是。所有言辞，不过人为，也不过是往回，往语言的最初根本听。世间的话语，听久了，入了心，不懂也是懂的。那声音大约是一样的。除了意思，那声音，要让人心的浮躁安静下来。在，而恍如消失；消失，却若在。

这世界果真有那么复杂，要连篇累牍解说么？其实，世上也不过大地，动物和植物，偶尔的人，遥想的星空，并没有那么复杂的。一而万，万而一，不过如此。安心在那里，守住就是了。

人是把自己，也把这世界弄得复杂了。

简简单单，回来，才好。

不过是那么简单的一点。对么？

7

寺里也有放生的。能飞的，游的，尚可。鸽子买来，放回到天空；鱼买来，回归于水。

也有买了狗的，怎么办呢？狗是不大洁净的动物，放在那儿养呢。寺里是不行的。

甚至有买了将要进屠宰场的耕牛的。含辛茹苦一世的牛，着实不该这结局。僧人买了下来，养老了，安葬了它。

据说牛临死的时候，会有大颗的眼泪掉下来。牛若有语言，人所能听懂的语言，会说些什么呢？

那一句话，人听来，该是惊心动魄。

安葬的时候，要有更多的人看看。哪怕那些人看了，回去依旧吃牛肉。

食不过午。僧人一天除早斋外，午前是唯一的一顿正餐。中午之后，是再没有饭的。不知道这来历，是节制的意思吧。有一顿饭也就足够了，还有天下众生，那么多的苦。

这餐饭，是白米饭，素炒油菜，焖豆腐。这已经是奢侈了。

见过大悲寺的僧人，刚行脚回来，路上乞食未用完的馒头，晾成馒头片，都带了回来。回来的前几天，白水、青菜，就吃带回来的馒头片。

即便是这样的散乱食物，也是默而食之，对食物那般的尊重，这尊重里甚至有默对生命流逝的意思在。

那寺里的僧人也是开荒种地的，种得的粮食，自己在石臼、石碓里脱了壳，再在磨上自己磨了。

衣衫也是，破了，却洗得干干净净。

一张脸，清俊，安详。

也有的寺，僧人的脸，已经肥腴的不能看了。

真是悲哀。悲哀。

8

僧人午斋后的休息,近乎漫长。他们会睡会儿午觉么?漫长的午后,尤其酷暑,骄阳似火,浓荫里,蝉鸣着,吱吱、吱吱锯着人的神经一样。即便是为了躲避这蝉鸣,也会眯在荫凉的屋子里睡觉吧。僧人是不允许懒怠的,午休该是有时间的。多长时间?半个小时么?

这是白天,僧舍里,不至于白天也遮掩了窗帘的。透过绿树浓荫,大的通铺上,一色的灰,灰布,洗得极洁净。头朝外的僧人,头皮干干净净的,没一丝儿黑头发茬。青色的头皮,叫人觉得上面该有点什么。那样的青色头皮上,不过戒疤,虽然叫人疑心会有点极小的小楷的字什么的。

青色的头皮上,自然不会有文字的。僧人不立文字,是规矩,是怕道行不高的僧人,乱了佛法。现在呢?有点乱了。

午休的僧人,未入眠时,会暗暗无事一样地调息。静了,愈静了,徐徐的,平和地一呼一吸,徐徐的,人就睡去了。睡不着的,也静静歇着。歇着的,想了些什么?会看着墙外的树荫,树荫里歇着的小鸟,四处都可以自由飞去的小鸟。人需要那样飞么?四处为家,还是固守一地,安然地老焉于此。抑或独守心性,青灯古佛,还是周游天下,风花雪月,究竟是哪一个更好,谁能想得更清楚?出家的年纪真是不必太小的,先是由他去历尽红尘,弘一那样,而后才萧然而去,才是更好的。其实这样想来,人的根本和尘世是相通的,骄奢淫逸过了,餍足了,而后才能清水微尘那样,慢慢澄清了,只是清水。内心不动,就只是清水,不见一丝微尘。

午休起来,僧人也会洗涤缝补。在洛阳的白马寺见过许多俗家女子,为僧人们洗涤缝补。其实还是自己的好。自己的灰尘,自家洗涤了,才知道灰尘是如何在清水里去了的。尤其是洗涤的清水，清而浊，浊而清，清而复清，要都历尽了，那衣衫才能回复到最初的。

缝补更是。惘然一般，懵懵懂懂进了寺里，学会针凿，是磨炼性子的。一针一线，哪里是一针一线，实在是以心入世，以心度世而忘世。久了，就知道心性修为，是如何如何。能耐住性子，小处着手、以小见大的人，不必真的叱咤什么，暗自的绵延的力，已然超越一切了。有寺里灶上的僧人，时间久了，竟然能以火钳直取飞蝇，力道所臻精妙，指间火钳稍稍一松，飞蝇自去，不伤一毫。那功力转而入心，脏腑心怀，绝非等闲人了。

寺庙所在，若便利，主持也会允许有事的僧人上街吧。尝在郑州大相国寺外的街上，见小沙弥飞也似的骑着自行车，明黄的衣衫人丛里一闪而过。若一棵树那样，老僧为树根，余僧若枝干，小沙弥就是新绿的树叶吧。

僧人也是手不持银钱的，从前出门，是有俗人跟随的。现在，不一样了。甚至有的寺里，金钱满了，堆着一般。

一些寺也修建的太奢华了。那样的奢华，如何修炼呢。僧人本来是不须有隔夜粮的，果腹而已。也不须有多余的衣衫。

9

僧人也有些别的事情，比如世俗。

比如沐浴。黄庭坚《宜州家乘》有"二十五日，庚申。晴。同黄徵仲、范信中，浴于崇宁。"很小的寺，若没有条件，僧人会到临近镇上沐浴的。沐浴地方，三教九流，话语难免不洁入耳，若有人有意污言秽语，僧人是尴尬的，毕竟是裸露着身体，心亦要坦诚的。僧人的沐浴还是在寺里，安安静静，哪怕简陋到只有半瓶水冲洗也好。

寺或在深山，依山涧泉流纡缓处，简单搭置草棚，随意洗涤。山太深，无缘闲人来，风雨炎阳都可以安心洗沐。若淡月刚刚升起，悬一盏灯笼，或生猛些的松明，静静沐浴，不言不语，或轻声说些什么，哪里会有如此的好呢。没一切烦恼，六根清净，只是月色、松香，只是鸟儿呢喃，欲睡的，迷迷糊糊的呢喃，一声，半声。

  僧人，现在不知，该是不准的。宋时候的僧人是可以随意到俗家的，还是《宜州家乘》，里面有"崇宁道人来，受粥而不受饮"。崇宁道人跟喝酒的黄庭坚说了些什么呢？几个小时过去，僧人说些什么，尤其是微醺的黄庭坚该是谈了太多。那时候是率性的，僧人甚至可以在寺里"置酒"，唯自己不喝就是。可酒是怎么打来的？着小沙弥去拎了酒葫芦打酒去么？光着头的小沙弥，手里咣里咣当拎着个红丝绳拴着的酒葫芦，去酒铺子里，按下几枚铜钱，说：打酒！叫人要笑的。

  僧人也是不弹琴的吧。琴，为禁。古时的僧人，却有弹琴的。可那却是在白云深山流水间。那定力，即便弹琴，也是"无色、声、香、味、触、法"，不过是动静虚实之间，在一刹那和"恒河沙"之间。现在，没有了那般清净处，净是烟尘，那些琴曲，褪尽尘缘的，弹来哪里禁得住。

  僧人里亦不乏笔墨精妙之人，也会如金农那般，"近得一大砚，状貌甚古，人皆以为砧酿捣练之石也。闭门独坐，画长竹数竿，题以寄远"。闲来，无事或有事，写半页纸，或绘几块顽石，几茎草，着人给某人送去。画与文字，看来浅显，却是个翻过大跟头的，比曹雪芹笔下那寺里的对联"身后有余忘缩手，眼前无路想回头"高出许多。

  也会有"兰清寺中，僧秘开花之字"那样的。"僧秘开花"，且缘自"兰清寺"，张岱怎么想得。僧人的闲定清气，无谓而有味，枯而不涩，居然是可以耐心看半日，品半天望尘茶，看了出岫之云复又低头喷喷，甚而至于，指端触上去，欲染那墨色，心里诧怪，"这 t……u……"，而又赶紧噤口。只是叹叹，怎么竟会如此呢。

10

傍晚，太阳落山后，是晚课时间。

晚课做些什么？念《阿弥陀经》《往生咒》《礼佛忏悔文》。

里面是些什么样的意思？

不知道的人，是永远不知道的。

不知道的人，懵懵懂懂也过了一世。

知道的人，怎么过呢？

11

夜幕降临。深秋的夜，薄凉，有点近乎冷的意思。严冬到来之前，得慢慢地准备好一切，粮食，木柴，衣衫，还有心。

一切得早早安静下来。等着大雪落了，遮掩了进出的路，只偶尔开了门，远远望望，大地真干净。

树木也安歇下来了，四野静悄悄的，干枯的叶子，早不见了。

寺周围的田地，也安歇了；种田的人，也安歇了。如此安歇的时候，无我的时候，所谓众生，也只有此时才是平等的。

12

九点，就要将息了。此时离早上起床的时间也不过几个小时。

将息之前，会有僧人想起《金刚经》里佛对须菩提说的话吗："诸菩萨摩诃萨应如是降服其心。所有一切众生之类——若卵生、若胎生、若湿生、若化生、若有色、若无色、若有想、若无想、若非有想非无想，我皆令入无余涅槃而灭度之"

寺门，是谁把它吱呀一声，坚实地紧闭了。

似乎，再也不肯打开。

2011年5月7日至10日断续草就，9月27日改

大佛寺三日

农历二月二十一

去了大佛寺,有什么缘由,也没什么缘由。

大佛寺是俗名,我喜欢这名。这寺还有个名,不说了。正往山上走,有哪儿的风铃响。风铃在佛教上有惊觉、欢喜、说法三义。"叮叮"的铃声叫人忽地停下来,听了,再走。可是风不止,倏地一下,欲走,却又"叮叮"。还是走吧,走着听,或竟然就忘了听了。

风铃的起,看出古人的奢侈,奢侈到惊人,叫人不知道说些什么才好。《天宝遗事》载:"岐王宫中竹林中,悬碎玉片子,每夜闻碎玉子相触声,即知有风,号为至占风铎"。为了那一点儿好听,唉,真是。真是罪过。也难为了那些宫女,睡不着的夜里如何辗转。唐时的王建有哀怨宫词:"玉颜憔悴三年,谁复商量管弦?"有这样的风铎,哪里还再敢"管弦"。不想活了么?

后来风铃到寺里,转而铸铁,声音里却透着坚毅。奇怪的是,铸铁的风铃哪里会不生锈,声音却是不肯改变的。

院子三进之后,右侧一角安静处上去,是方丈的居室。

方丈起了茶,跟引我去的人说起方言,亦跟我说几句,说话在普通话和方言之间忽而转换。一会儿方丈停下问:听得懂么?这儿方言止一声二声,尤其

说得快的时候,是几乎听不懂的。近几年左耳鸣,听不清楚,与人说话也只是大略,有时听不清楚,也不过随人说去。寻常人,哪里要紧事。

周五的下午了,说一会儿话,想着不打扰人,寻一个间歇告辞。

客房在刚进山门的前院二楼上。一楼是存放经书的地方。上得楼去,里间安歇,外间是沙发,茶台,写字的案子。方丈微微一笑:闲了可以写字。

一会,有人叫我,说是五点开饭。斋堂就在二进的院子里。近五点过去,斋堂里还没有人。进厨房看看,一位居士正忙着烧开水。正看间,前面叫我的年轻人来,告我一会如何如何。斋堂的案子上,已经摆好了几只搪瓷盆,虎皮辣子,茄子炒辣子,豆腐炒芹菜,还有一盆浆水菜。

正看间,外面传来响板声。寺里起床用斋上殿安歇都是要打响板的。两条硬木响板,对着拍打在一起的声音,很难描述。木头相互拍击的声音似乎天然适宜在寺里。响板拍击间，好奇出去看，是一位着灰衫的瘦削僧人。僧人拍击了七八下，在斋堂外面窗沿上放下响板，另取了一根长长的头上裹了厚布的木槌，敲起斋堂外面的大木鱼。这木鱼不是殿里的那种木鱼，是鲤鱼模样的四五尺长的大木鱼，通身雕刻了，饰了五色漆，很好看。木鱼敲起来的声音闷闷也嗡嗡的，很安详。

僧人们陆续进了斋堂，从自己的座位上取了碗筷。晚饭是面条，除了菜，另有调味的盐、醋、豆豉、油泼辣子。取了两只碗，去灶房里盛了面条，调了盐醋辣子，另一只碗里盛了半碗菜，去最后一排安静坐下。

端饭的时候，见一位僧人笨拙地用菜刀切着大约是居士送来的放了好几天的干硬油饼，之后泡在菜汤里。

第一次在斋堂吃饭，安坐下来，看看前面坐着的僧人，一律低下头安心吃饭，似乎自己也是一个僧人了。记不清什么时候看过的，僧人吃饭是不出声的，果然，十几个人吃饭的斋堂里竟然没有一点声响。于是自己也小心吃，面条夹起来，轻轻送入口中，不出一点声音。声音的静，叫人想起尘世间的吃饭，喧哗到可怕。

多半碗面吃完，碗底还剩有虎皮辣子的柄，悄悄看前面的僧人，是连着柄一起吃了下去的，于是把碗里剩下的辣子柄悄悄吃了。

饭前已经有人告诉，碗是自己洗自己的。山上水少的缘故，洗碗只有两盆水，一盆有洗涤剂，一盆清水，那边一洗这边一涮就了。洗了自己的碗筷，放在自己吃饭的位置上，下一顿再从那儿取了盛饭。

为着洁净，碗都是扣着的。再则碗口朝天饥饿张扬似的，也不大好看。筷子则顺着碗边平顺放好。放好碗筷，正有温煦阳光从窗格里照射进来，照在刚刚干净了还有些水淋淋的碗筷上。碗是带花的，几朵嫣红的花在寂静的光照里有几分格外的暖暖妩媚。

回到客房，从来没有这样一个人待过，尤其整个空荡荡的前院就我一个人。

沏了茶，一个人慢慢喝。说不清心里静还是不静。过一会，下一楼，从楼下的书库里找一些各处僧院编印的书刊看。

介绍本地高僧的册子里，有一幅照片，是另一处寺里一位叫本继的法师。相片是特意照的，八十岁的老法师身着蓝灰色的褪了色的旧僧衣，端坐在他居室的门前，坐下的宽阔木椅，也褪去了漆，十分沧桑的样子。老法师背后的门遮着一扇泛着灰白的草帘，应该是好几年的旧物了。老法师气息衰弱，短短的头发茬子灰白，但脸上坚毅、无畏，不可征服的那种平静、平和。这幅照片该是某段劫难之后的留照。面对这样的人，即便仅仅是一幅照片，也是叫人低头敬佩叹服的。老法师的平和静气里，隐藏着的"任汝东西南北风"的强大，难以想象。所谓的"面相"，人的气息全然显露，是隐藏不了的。

在随身携着的小笔记本上记一些什么。感觉时间真慢。不时有风，老式的木门窗插销不紧，风一吹咯当乱响，叫人的心难以静下来。

案子上有宣纸，于是过去写字。铺开宣纸，裁好了，干硬的笔在墨汁里用力按捺才略略散开。笔极不顺手，脾气不好的人那样，勉强写几幅，大多都极难看，只有一幅因笔的硬涩反而显出些墨迹的苍劲。这样的笔也许是狂徒徐渭来用才好，管他什么，只管写，也许还真会写出更奇崛的字的。

乱写一气，浪费许多宣纸，怕人看见，悄悄卷起来。唉，真是罪过。

不写了，虽然才十点多，还是决定去睡。里间找半天，却找不到电灯开关。原本想在睡前看会儿书的。寺里洗漱不便，床底下摸出两只搪瓷盆，不辨洗脸洗脚的，只好不用。水桶里有凉水，舀半瓢倒在手心里抹了把脸，将就漱了口，睡下。

半天睡不着，木头的窗格外夜色漆黑。不时有风忽地一下，窗子抖一下那样地响，一会再抖一下。在城里门窗一闭是跟外面隔开了的，在这儿却是觉得外面真近，人似乎并没有全然在屋子里。湿润的气息也从门窗缝隙慢慢渗进来，人觉得潮潮的，慢慢那潮气渗到人的身上脸上。这样的气息就是所谓的地气吧。农历二月二十几了，安歇了一冬的地气开始上升，树芽儿开始冒出来，这样的地气也该是滋养人的。城里水泥板上沥青路的人，哪里能得着地气的滋养。没有这滋养的人，该会长成什么样的身心？写出《吉檀迦利》的泰戈尔，是该常常坐在地上的，是那样的地气，有神意的地气，才能滋养着他写出那样的诗句：

"当你命令我歌唱的时候，我的心似乎要因着骄傲而炸裂，我仰望着你的脸，眼泪涌上我的眼眶里。"

也只有这样，沈从文才能写出"夏日黄昏里有虫子的气味（大意）"。人岂是能嗅到夏日里虫子的气味，那完全是心灵里的神授。

弘一后来那样平和安详的文字，即便是谈书法，也是因佛的慈悲浸染才能谈成那样初似无味而咂摸之后深深感到至味的。

游思之间，晚上喝茶多了，要出去。虚掩着的双扇的门，似因夜里的潮气发胀，挤得极紧，使劲推开的一瞬，极响的一声。

满院漆黑，立在门内片刻，才就着手机隐约的一点光出去。右转要经过是一间供着佛和金刚的阁子，几盏油灯静静燃着，迎门能看见的释迦牟尼佛几乎全在黑暗里。所谓的静思，即是这样？人若在夜里有这样的静思，会想到也想透些什么呢？经过阁子，第二进的院子才有一盏灯。灯微微的亮，叫人过了这盏灯，感觉前面更黑了。好在右转过去，半坡的茅厕那边有一盏灯，才叫人就着不规则的台阶深一脚浅一脚上去。上得半坡，靠外面一侧的是女厕，转到里面才是僧人们使用的。每天僧人们如厕都是先要经过女厕的，不知道僧人们会怎么想，想罢，觉出自己的可笑。

回来歇下，又想，奇怪，空荡的前院自己一个人住着，竟然毫无害怕的感觉，刚才的后面半坡，也近乎荒野，依旧心里平静静的。也许只有在寺里才不会有害怕的感觉的吧。文字简短，字字如真金如宝石的《心经》里有："故知般若

波罗蜜多，是大神咒，是大明咒，是无上咒，是无等等咒……"，如此的护持，哪里会有不干不净的什么隐现。

因为摸黑，又想，人的视力实在是因为灯光下降了，若无灯烛，人的视力即便是在夜里也会看得很远。远离自然的生活习性的改变，让人失去了很多本来拥有的。所谓文明，是福，还是祸呢?

又想起半坡如厕出来，满天星星真亮，亮晶晶的。同样的亮，在夜幕里凸出来一样的晶亮，也只有数年前在草原的深夜里看到过。

二月二十二

天亮了。

本想早早起来跟着僧人上殿的，却迟了。后半夜沉沉的再也没有那么踏实地睡，一直到天明，僧人打板的声音，哪里会听见。

早饭是粥，榨菜，红豆腐乳，馒头。奇怪的是，榨菜是由一位僧人端着小盆分拨在每个人的碗里的。盛了半碗粥回来，掰开馒头，夹了榨菜、腐乳，就着粥，吃得胃里暖暖的，吃完一个觉得不够，又吃了半个馒头。

僧人没有昨晚多，也许有人因什么事早早下山去了。一个略胖的着灰衫的僧人坐在我前面两排的右侧，也许是因为胖，因为动作的迟缓，叫人感觉最安心吃饭的就是这个僧人。斋堂里安静，不方便随意拍照片，若能拍照的话，这个安静迟缓的胖僧人是可以拍出一些意思的。略显不安静的是第一排桌子，对坐着三四个僧人，虽然不说话，但几个人凑在一起吃饭总叫人感觉不静。

吃完饭，去洗碗筷的时候，心里忽然想，该早一点吃完，洗碗的水会清洁一些。想完，觉出自己的好笑。尘世的自私，怎么带到这儿来了。

回到客房，文管所的人来了，问有什么需要的。回说：带一支笔来吧。案子上的笔不能用。

上午闲着，人说，上山走走吧。好。

现在的山上，已经好走了，几十年前是狭窄的悬空栈道，修行的人在窄窄栈道上走过，是凌空一样的。栈道边有不少狭小的洞窟，山是沉积岩，洞窟里可以看到挖凿时候钢钎和镐头留下的一条一条的印子。大多洞窟不过丈许，多在一侧挖一个修行者安歇的方洞。文管所的人说，最早歇息之地只有二尺宽，深不到五尺。修行的人，要历练心力，即便是睡觉也是不能全然伸展肢体的。后来才渐渐容许，宽大了一些。这些狭小的洞窟，也是常年闭着不开放的。山上潮湿的因由，木头膨胀，门都极紧，开了锁还要用力才能推开。门推开的时候，声音很大，有如要惊醒什么。

边行边看，走了大半，不想再看了。高处还有据说更有意思的洞窟，也不想看了。为什么要一个一个看那些洞窟呢？上山来就是为了这个么？

午饭时候到了。

早饭和中饭，都是有仪式的。今早的，没赶上。斋堂中间有一张供桌。午饭前，一位僧人点着了供桌上的蜡烛，念着什么，僧人们都站着，我也学着样子嘴里默默有词地站着。那位僧人念一会，用一尺多长的木制的什么，挑着一点食物端在佛前再念。念完敬献完了，僧人将木制物件上的食物挑着端到了斋堂外面。

按照佛教功课所说，早午二时临斋要念："供养清净法身毗卢遮那佛、圆满报身卢舍那佛、千百亿化身释迦牟尼佛、当来下生弥勒尊佛、极乐世界阿弥陀佛、十方三世一切诸佛、大智文殊师利菩萨、大行普贤菩萨、大悲观世音菩萨、诸尊菩萨摩诃萨、摩诃般若波罗蜜。"

早饭食粥，是以为"粥有十利。饶益行人。果报无边。究竟常乐。"午饭略有数样，是"三德六味。供佛及僧。法界有情。普同供养。若饭食时。当愿众生。禅悦为食。法喜充满。"

僧人念罢，用手指轻轻捻灭灯烛，僧人才去盛饭。

　　午饭的主食有两样,米饭和馒头,菜是茄子炒洋芋、芹菜炒豆腐干,还有一盆菜汤。端了自己的饭菜坐在后面,吃的时候竟然有些小心翼翼,似乎那些饭菜不全然是饭菜了。

　　饭后,装作无事悄悄去看僧人给佛贡献饭食的木制物件,原来是两根细柄的木件，一根的头上是木勺，另一根是木头的刀。木勺简单，便于取食，木刀令人不解，也不便去问。

午睡起来，出去走走。从斋堂后面穿过去，上山，见一排僧舍。午后，阳光明媚，极干净的明媚，即便是阳光里有些尘土飘着，也是极干净，远离了尘缘的。更让人欣喜的是，僧舍外面的墙根码放着几十棵过冬的白菜。白菜的老叶子已经干了，薄薄紧紧地裹着，玉一样泛着淡绿。这样的白菜是适宜于放在僧舍的墙根的，朴素，洁净，安然。白菜上蒙着薄薄一层灰尘，却叫人感觉是洁净的。这冬天的阳光照晒过抚慰过的白菜，是暖暖的。这会儿没有僧人走过，若有的话，僧人安静走过，或是俯身看看那些白菜，僧衣的灰和泛着淡绿的白菜在同一幅画面里，该是如何好看。白石老人没有见过这样的景致，若见过的话，另画一幅《清白图》，该会有新的意味。

走出几十步，还回头看看，真是好看。温煦阳光下的好看，叫人心里无端暖暖的，人世的烦恼忽地没有了。

回到客房，我不在的时候，有人把送来了两支新笔。

铺好纸，安心写"观自在菩萨，度一切苦厄"，心静的缘故，觉得十分顺手。又写"观自在菩萨，行深般若波罗蜜多时，照见五蕴皆空，度一切苦厄。"依旧。

写了几幅，心里得着了安慰一样，极平静，遂想一个人到山上安静处坐坐。到一高处平地，有几丈阔一个小院。前一天到这儿，陪着的人说，可惜这儿租了出去，不然可以住在这儿的。住在这儿自然是更好的，一条路过去，一个小院，三面凌空，比那个院子是更静的。尤其是夜里，人会有在天上的感觉的吧。这会儿天还冷，还没有游客，这个院子还寂寥地锁着门。想过去从门缝里看看那个院子，想了想，还是没有过去。

一个人坐在院子外面的长椅子上，影子透射在蔓地的青砖上，风微微吹着，什么也不做，什么也不想，就是坐着。也并不是枯坐，周围有树木，有屋宇，有小道上偶尔上来的人。不惟老人，也有中学生样的孩子，男男女女，嬉笑着上来，看看，又下去了。孩子们是感受不到什么的，不过是一座山，有大佛的山。也不希望他们有什么深的感受，他们还正是快乐的时候。

风不定，风略略有些疾的时候，有燕子上下翻飞。燕子的飞，极为敏捷，似乎漫天有些什么，要从那些缝隙里迅疾地躲闪，才能不碰到。画家若能画出燕子飞出的那些迅疾的线，应该是好看到近乎完美的韵律。

坐半天，有意识多坐一会，似乎有意坐到再也没有人上来，就一个人孤寂地坐着，坐在孤寂里，要给孤寂浸透。

回去晚饭，依旧是面条。每晚的面条，也是在暗示某种轮回吧。

端了面条，在面里浇了酸菜汤，调了一点盐，就要过去。一个僧人说："把盐调合适了再端过去。"我回道："不过是一碗面，肚子不饿就是。"心里想，人生哪里是预先知道的，即便是一碗面，调了盐，不尝尝，也是不知道味道的。还是不尝了，端过去坐下了再说，咸即咸，淡也便淡吧。人生也是这样，要走了过去，回味了，才知道咸淡的。知道了咸淡的时候，人生已经过去了。

饭后回客房，觉得门不是我出去时候的样子。果然，案子上有人留了纸条：来访不见，有暇去文管所一叙。不知是几点留下的条子，已经快六点了。出了寺里的山门，沿坡下去，记不清文管所是那座门了，只能大约循着走，边走边看。记得应该是坡下面门房隔壁那个门的，敲门，却没有人应。这一行，与古人是差不多的。留条的人可以写下电话的，却没有；我亦懒得去找个电话联系。去就去，不在也就不在吧，没有什么大不了的事，不过是闲聊。尤其我生来最怕闲聊，不知道该跟人说些什么。

人不在，也许已经下山去了。山上静悄悄的，留在山上的人，都在屋子里安静地待着。已经习惯了安静，习惯一点儿声音都没有。山路上走着，觉得是在另一个世界。回到山门，门已经闭了。担心真的闭了，也不知该怎么敲门，

　　这边敲门,要二进的院子里才有人,若真是那样,不知道该打门到多大的声音里面才能听到。心里惶惶地赶紧推一下,却是虚掩着的。

　　山门,意思真好。寺院多居山林,故名"山门",一般有三个门,所以又称"三门",象征"三解脱门",即"空门"、"无相门"、"无作门"。这山上的寺,也是三个门,可是只开最左边的一个。中间和靠近山坡的一个门,什么时候才会开呢?尤其是中间的门,开的时候,该是有极为郑重的大事的吧。

回去看书,喝茶,一直到夜深了。寂静,是写字的好时刻,写《心经》全文,二百六十二个字,一气呵成。毕竟不是善书之人,字有点软,但自家的心是在里面的。略略有点散漫松弛的墨迹里,慈悲安详的气息,自己是喜欢的。

有点倦了,放下笔,喝茶,再看一会书。有书里有记载,僧人为某事可以"燃指为灯",那需要如何的毅力。不是毅力,是心力,是无畏,无我,是以自家身体为外物才能如此吧。

也看一篇写无准师范禅师(1178-1249)的文字,言其:"宽而不弛,明而不察,无厉声恶色,有徒数百辈,视之日如路人,端居丈室,无异玩兼味,澹然如常僧。"禅寺一日被焚时,师范不是追究,而是让责任人赶紧逃脱,避免惩罚。被焚之时,师范坐岩石上,见人"中途发钥,挟出过半",但不肯指出那人的名姓。有偷了东西的僧人被徒弟抓住,师范还为之开脱:"吾无是物也。"

也许,师范禅师是对的,禅寺被焚,也本不是某僧人的有意。让他逃脱,算是我佛慈悲。偷了东西的僧人,不加惩处,为之开脱,也是为了僧人的自省。心想,这禅师是反其道而行之。

倦了,去睡。昨晚忘了床上铺着电褥子,今晚记起,早早开了,躺上去,浑身暖暖的。

僧人们呢?早睡了。几点睡的?不知道,该是八九点钟吧。

说好了,明天要起早,随着僧人早课。

正要睡着,有过去的老师发了微信,一看:九种鱼的做法。

二月二十三

上了闹钟。早上,四点五十醒了。

匆忙洗漱,穿过院子,上台阶,到了大殿,里面已经在伴随着的钟声诵经了。

在门外看,大殿里面,右面,有一位僧人变念诵边用一根长柄的木槌敲一下钟。僧人的诵经,是唱着一样,好听。

在门外看一会,悄悄进去。里面有六七个僧人在诵念,一边念诵一边不时跪拜。我站在一侧静静看。正看间,一位僧人用手势招呼我,一起吃了好几顿饭了,僧人认识我。我知道那意思是要我跟他们一起跪拜。于是,跟在他的身后,那位僧人念诵的时候我也跟着嘴里念念有词,别的不会,阿弥陀佛总是会的。也不时跟着他们一起跪拜。大约十来分钟之后,僧人们开始以便能念诵一边绕着跪拜的垫子回环着走。回环几遍之后,又顺时针绕着大殿从佛龛背后绕行。绕行过来,接着念诵,这边的钟声停了,另一边的鼓声响起来。鼓很大,要敲击到鼓的中心,僧人是站在一只方凳子上击打的。

早饭,要念《供养咒》?

布谷鸟叫,天暖了。

有四五个女孩子,在一个年轻女子的带领下进来,在山门过来的大殿里跪拜,欢快,小鸟一样。

昨天已经约好了今天午前下山,想在县城里找个小地方,跟这儿的人喝一小杯酒。

还想在转一圈,也想跟做饭的师傅告别,于是走走。山上转完,在后面遇到那个才开始修行的小伙子,说半天话。也去方丈哪里告别。方丈说,不再留些日子。有时间再来。

下来的时候,遇到一那位瘦瘦的早课时候敲鼓的僧人,说,一会儿就该吃午饭了。也得进斋堂跟师傅打个招呼,于是进去,进去,师傅说,马上吃饭了。也许就是缘分吧,还是吃了饭再下山吧。

午饭,还是馒头、米饭,两样菜,意外的有半盆凉粉。师傅的刀,黏黏地切下一片,再切了小片,放在我的碗里,我未及说说什么,师傅又切了一片,原放在我的碗里。知道有点多了,可是不说什么,多就多了吧。

坐在最后一排,安静地吃寺里的最后一顿饭。知道就要下山了,什么时候再来,不知道的。

饭吃完,洗了碗筷,放在案子一边存放碗筷的地方。

转身,竟然什么也没有说话就走了。原本想好了,跟师傅打个招呼的,也跟见过几面的僧人打个招呼,心里却不知怎么想,转身走了。出去了,才决出来,该打个招呼的,可是心里,说些什么呢?这样的不说,也许才是随缘吧。来即来,走即走,也好。

2014 年 4 月